名师书苑

花开的感觉

王莲宇 著

中国财富出版社

图书在版编目（CIP）数据

花开的感觉 / 王莲宇著．—北京：中国财富出版社，2015.2
（智读汇 • 名师书苑）
ISBN 978-7-5047-5548-3

Ⅰ．①花…　Ⅱ．①王…　Ⅲ．①散文集－中国－当代　Ⅳ．①I267

中国版本图书馆 CIP 数据核字（2015）第 020944 号

策划编辑　丰　虹　　**责任印制**　方朋远
责任编辑　丰　虹　吴艳红　　**责任校对**　梁　凡

出版发行　中国财富出版社
社　　址　北京市丰台区南四环西路 188 号 5 区 20 楼　**邮政编码**　100070
电　　话　010 － 52227568（发行部）　010 － 52227588 转 307（总编室）
010 － 68589540（读者服务部）　010 － 52227588 转 305（质检部）
网　　址　http: //www.cfpress.com.cn
经　　销　新华书店
印　　刷　北京旭丰源印刷技术有限公司
书　　号　ISBN 978-7-5047-5548-3/I • 0181
开　　本　700mm×1000mm 1/16　**版　　次**　2015 年 2 月第 1 版
印　　张　16.5　**印　　次**　2015 年 2 月第 1 次印刷
字　　数　230 千字　**定　　价**　48.00 元

董桥先生曾经批评过现代人“慕闲之名，求闲之似，于是品茗赌马以为怡情，逛街打牌以为减压，浪迹欢场以为悦性，那是闲的皮毛”，认为“闲者还要有贤，不是学者，不足以谈闲。闲者的两相对坐，三人相围，香茗进肠，腹笥里也需逸出些书香才气来”。无事不是闲，心闲才是闲。所谓的“事忙心闲”就是给心灵放假——腾出些心灵空间来，让自己的意绪在里面驰骋。

序 PREFACE

生命如何度过？每个人都有不同的答案。也许有的人在呱呱落地时就有了答案，有的人在有些懂事时有了答案，有的人在确定了对事物的认知时有了答案，有的人在经历了种种曲折磨难后有了答案，也有的人在生命告别的最后一刻才有了自己的答案。

生命对每个人来说，是如此的珍贵，可又是如此的短暂，人人都希望自己的生命有意义，散发出灿烂的光芒。凡人如我，亦是如此。在十几年的培训教学和修炼中，我不断地探索生命的意义，在传播爱和接受爱的能量互动中，我悟到了让生命绽放的真谛！

在 30 岁之前，我做过几份工作，当过老师、做过出纳，但都只是谋生而已。直到 30 岁那年，也就是 1993 年，我冥冥中感到内心有一种东西在萌动，让我不想再继续这样“谋生”下去了。我觉得我最大的特质是善良，每当帮助了别人，我都会有一种幸福感。因此，我应该寻找一份不仅能为别人创造价值，也能体现自己价值的事业。

那时，我的家庭生活过得还不错，家里买了房子，还攒了 15 万元钱，这在当时是很了不起的。但我的想法也随之改变了，开始想去创造。

就这样，不安于现状的我带着一份企图心，走上了艰辛的创业之路。当时我特别看好一个项目，那是一家有着稳定客源的成型公司和一个实体店，我觉得非常值得投资。但投资需要40万元，还差25万元去哪儿弄？我家的亲戚没个万元户，幸好我平时为人口碑还不错，靠着强大的信念，七拼八凑地借到了25万元。

公司开张后，我才发现远远不是那么一回事儿。原来的客户因为公司换了老板，不愿意再合作了；很多员工也因此辞职，而且带走了很多客源。最致命的是，我买进了非常多的产品，产品又有保质期，如果在保质期内卖不掉，后果不堪设想。

那个时候，我非常害怕接电话，害怕别人找我还钱。虽然对方有时来电话并不是为了要钱，而只是一声问候。我跟厂家再三协商，但最终还是没办法退货。眼看着产品一天天接近保质期，又没有客户，我真是不知道该怎么办。我的爱人接受不了这种境况，带着孩子离开了家。家庭的严重危机使我更加绝望了。

有一天，我孤零零地走在街上，看着许多伴侣牵着孩子开开心心地等公交车，心里非常失落。到了夜里十一点，我莫名其妙地溜进了公司附近的一所大学，来到学校的池塘边。那里有很多年轻人在谈情说爱，我一直等着他们离开。当时我只有一个想法：我要跳下去，结束生命，一了百了。

我觉得自己实在是无路可走了。闭上眼睛，站在池塘边，我准备跳下去！耳边全是知了的叫声，柳叶打在我的头上。就在我要往下跳的瞬间，似乎有种强大的力量阻止了我。是对生命的留恋？对亲人的眷恋？还是对孩子的不舍？似乎都不是。只有一个声音告诉我：你跳下去，一了百了，借给你钱的那些人怎么办？他们存那几万元多不容易，信任你，借给你，连利息都没提，你怎么对得起他们？突然间我就想明白了：一个人连死都不怕，还害怕这点账吗？为了这份情意，我也要搏上一把！如果实在不行，我再死不晚。

我回到公司彻夜未眠，做了一个决定：保质期还有几个月，货没人要，我送，总送得出去吧？我把客户名单找出来，对着名单一家家地送，有时在客户家门口等到夜里十一点，客户回来看到我站在楼下，冻得双手冰冷，非常感动。就这样我天天去送货，货还没送完，客户被我感动了，一个个都回来了。这个过程让我明白，原来人心是可以被感动的。

带着这份力量，我度过了历经生死的创业之年，迎来了公司的崛起。到了 1998 年，公司员工从最初的 3 人变成了 43 人，成立了 5 个业务部，有 300 家加盟门店，一个当初只有五六人的实体店，变成具有 20 人规模的两个实体店。我不仅还清了债务，还有了利润，我觉得很开心。

我管理公司的方式有些特别：我的员工每人每月拿出 5 元钱，我则拿出相当于他们总和的钱，合起来做公益。如果他们累加起来共出了 200 元钱，我就再掏 200 元钱，拿这 400 元去献爱心。

我们北方人喜欢吃挂面，我就买很多箱挂面，送到社区，送给贫困家庭。我们的员工拿着挂面，一家一家去敲别人的门：“我们没别的事儿，我们是某某公司的，今天来给您送挂面。”我这样做，为的就是培养这些孩子的爱心。我们助养了一对残疾夫妇，承担了他们所有的生活费用；我们的员工定期去他们家做卫生，帮忙干些杂事儿。社区里还有一户人家，父亲患白血病母亲患乳腺癌双双去世了，留下一个叫子昂的孩子，我就领养了那个孩子。那时候真的没有想到是为了做宣传，也没有想到会有什么回报，我只是想满足心底小小的善良的愿望。因为我小的时候家境贫寒，接受过很多好心叔叔阿姨的帮助，所以我帮助贫困的孩子，只是表达自己的心意。后来媒体报道出来，写了一篇文章，题目叫《漂亮妈妈》，占了半个版面。

经过不懈的努力，我们公司成了一家远近闻名且受人尊敬的公司，我也当选为人大代表。员工们深感自豪，愿意更加努力地工作，并愿意为需要帮助的人而付出。公司也会用娱乐活动及赠送礼物的方式，奖励那些品德优秀、愿意付出的员工。我就像疼爱自己的孩子一样用心疼爱他们。

这份创业的经历奠定了我以后教授组织情商管理课程的基础。我亲身体会到：员工不是用来管理的，而是用来感动的。

1996 年年底，我走上了求学之路。那时候中国内地还很少有这样那样的培训，我就到香港去学习。一个偶然的机会，我遇到了我的恩师。他说我身上特别有情境教学老师的特质。一路跟着老师，我受到了很多点拨，慢慢走上了企业培训教育之路。

走过这么多年，虽然也算育人不少，但直到 2006 年，我才真正找到了自己一直在寻觅的具有殊胜意义的教导型组织。企业学校化、领导导师化，造福企业，福慧员工，为社会创造价值，这真是太有意义了！小有成就的我，毅然选择放弃自己的事业，放弃相对优裕的生活，放弃很多人羡慕的头衔，走上了推动教导型组织这条路。我也说不清自己为什么要放弃一切，但我知道只有走上这条路，才走上了我心里想要的、认同的、能得到人生幸福的道路。我深深感到自己的灵魂得到了喂养，生命因教导而绽放，更多的人也因为教导而变得不同。

感恩与志奎导师结缘，感恩与教导结缘，感恩我此生有幸成为教导型组织的传播者。打造教导型组织是一个庞大的工程，一个高远的使命，是需要几代导师为之奋斗的工程。每次教导授课的第一天，不少同学抱着怀疑态度，有的甚至不屑一顾。但到了第三天，他们不管什么性格，不管职位高低，不管多大岁数，都像孩子一样，为了自己小组的荣誉挥洒汗水、全力以赴，完成各种各样的挑战。他们对教导型组织的接受、对教导文化的认同，无不加持着我的力量。我看着可亲可敬的同学们，就如同看见自己的孩子，发自内心地爱着我的教导家人们。

一路走来，是我们的教导型组织滋养了我的生命。教导模式成全了我，师道成全了我，至亲至爱的教导学员们成全了我。或许在推动教导的路上，我们会遭人误解，但无论发生什么，我们内心都有一个强大的信念：动机至善，私心了无！师道是一个善能量和正能量的平台，它赋予了我新的活法，让我的生命绽放。挣钱的途径很多，但再多的钱，能比得上这种意义吗？在教导的平台上，我们是身心灵合一的，灵魂倍感滋养，生命倍感绽放，教导的家人们只要站在一起，就有心灵的共振！

走上教导之路，太多太多感人的故事……无论是我们自己、我们的伙伴，还是我们教导人，只要走进教导，我们都选择了有意义的、有质量的、滋养灵魂的活法。为了这份活法，我心无旁骛地推动教导生态圈。因为我知道，教导生态圈能给多少人带来生命的转变，给商业环境带来多少绿色和净化，给社会带来多少和谐。为了民族振兴、中华崛起，为了实现中国梦，教导人应该付出自己的一份力量。所以就让我们手牵手，坚定信念，不断传播，打造我们的教导生态圈，让更多的人成为我们的教导人，让更多的人活出生命的精彩！

推动教导，兴我中华，产业报国，使命必达！

王莲宇

2015 年 1 月

目录

卷一　空杯心态

卷二　空谷回音

卷三　花开的感觉

卷一

空杯心态

人放不下，是由于执着于一份错误的东西，这就是“妄执”。智者说：“人为什么会痛苦，原因在于追求错误的东西。”

放下什么？

我们一直在说“放下”，却不知道到底要放下什么？《五灯会元》里有一则故事：

世尊因黑氏梵志运神力，以左右手擎合欢、梧桐花两株，来供养佛。佛召仙人，梵志应诺。佛曰：“放下着。”梵志遂放下左手一株花。佛又召仙人：“放下着。”梵志又放下右手一株花。佛又召仙人：“放下着。”梵志曰：“世尊，我今两手皆空，更教放下个什么？”佛曰：“吾非教汝放舍其花，汝当放舍外六尘、内六根、中六识。一时舍却，

放下，放下，再放下，放得不能再放了，这个时候，你要再找一个烦恼都困难了。放下即是极乐之境。

无可舍处，是汝免生死处。”梵志于言下悟无生忍。

当我们一听说“放下”两字，首先肯定会看看手里拿着什么，然后把手里的东西放下，根本想不到还有其他的东西要放下。而释迦牟尼佛要梵志放下的并不是手里的花，而是六根（眼、耳、鼻、舌、身、意）、六尘（色、声、香、味、触、法）、六识（眼识、耳识、鼻识、舌识、身识、意识），因为六根、六尘、六识等均是烦恼的根源，如果不把这些东西放下，人就一直处于生死苦海之中，不能自拔。

每个人赤条条来到这个世间，来的时候总是握着一双拳头，哭喊着，一副很不情愿的样子。可当他们到了这个世间，觉得这个世间太富有了，手里应该抓着点什么，于是，看到这个也抓，看到那个也抓，抓到手里放不下，就放进心里，恨不得世上一切归为己有。手里头抓得满满的，心里头放得满满的，屋里头堆得满满的，还不够，还在银行里存着一些，甚至在银行的保险箱锁着一部分，唯有如此，方可安心。其实，他的心一直不会满足。有一首《不足歌》说得很到位：

终日奔波只为饥，方才一饱便思衣。
衣食两般皆具足，又思娇娥美貌妻。
娶得美妻生下子，又思无田少根基。
门前买下田千顷，又思出门少马骑。

厩里买回千匹马，又思无官被人欺。
做个县官还嫌小，要到朝中挂紫衣。
不足歌，不足歌，人生人生奈若何？
若要世人心满足，除非南柯一梦兮！

人心不足蛇吞象！凡事都是相对的，有所取，必有所失，如果不失去，一直在得到，人生必然会失去平衡，故佛说“放下”。我们自己也常常说要放下，其实，心里面压根儿就不想放下。身上背着的东西越来越多：名誉、地位、金钱、头衔、身价、光环、鲜花、掌声、赞美，等等，背着这些虚幻的东西，感觉非常良好。一旦没有了这些东西，活着就没意思了。哪怕这些东西属于过去，已经成了历史，人们也不愿意放弃，仍然背着它们过着后半辈子的人生，尽管沉重，尽管麻烦，可是相比没有了这些东西而言，背着的感觉还是很好。

人放不下，是由于执着于一份错误的东西，这就是“妄执”。智者说：“人为什么会痛苦，原因在于追求错误的东西。”这句话若不仔细去思量，是掂不出分量的。如果好好考量一番，胜过金银美玉！

人有被同化的习惯，所谓“入芝兰之室，久而不闻其香；入鲍鱼之肆，久而不闻其臭”。处在众多的愚人当中，会觉得自己是最聪明的，所谓“习久而不察焉”。所以，“放下”的难度在哪里？在于不肯承认错误，不肯承认自己糊涂，世人皆醉我独醒，何必要我放下？要放下的是别人，不是我！

其实，人若能够放下，便能转动乾坤。放下就是转化，转烦恼为菩提。要真正做到放下，要做到“三心”：无心、无比较心、无痴心。

做任何事处在无心之间，就能真正放下。有一则禅师的故事，正可说明这个道理：

有一天，一位德高望重的禅师带着两个小沙弥下山去访客，经过一条小溪。由于连续几天的大雨，小溪变成了小河，水涨得满满的，原本溪中供人行走的鹅卵石，早已被溪水淹没得无影无踪。溪边有一位姑娘，她想过河，又怕弄湿了衣服，踌躇不前。于是，这位禅师就把那位姑娘背过了河。两个小沙弥见此，都觉得老禅师这样做非常不合适宜，但是又不敢问，就私下里嘀咕。他们就这样一路小声嘀咕着跟着禅师去访客，又回到山上寺庙。到了寺庙，那两个小沙弥再也忍不住，就对老禅师说：“师父，您是一位德高望重的禅师，我们都很尊重您，但是男女授受不亲，您怎么能背一个姑娘过河呢？”禅师听了，微微一笑，说：“我把那位姑娘背过小河，就放下了，但是你们却一直在心里背了一路，现在还不放下，真是辛苦。”

有心做事，做过就放下，这是智者。而这两位徒弟却相反，无心做事，倒有心把闲事搁置在心头，挥之不去，在心头制造思想垃圾，形成不良的能量，岂非可惜？

无比较心，做事就能放下一切。凡人在世，均会自觉不自觉地跟人比较，一切的一切，都跟着别人转，像只无头苍蝇似的转着，转得自己是谁都不知道了。所以，人要有定力，要有自己的生活目标，不要跟风。有智慧的人，永远快乐地活在当下。释迦牟尼佛曾经住在简陋的茅草屋里，每天只吃一顿饭，却过得非常安详。有人问他为什么？他说："不悲过去，非贪未来，心系当下，由此安详。"要说攀比，谁能跟佛陀相比呢？他原是王子，娇妻美子，暖、凉、雨三时宫殿，连江山都本该属于他的，可他觉得这一切都解决不了人生的究竟问题，仍然流于生死海中，无法解脱，故他舍弃了这一切去探求真理。当他证悟之后，觉得唯有活在当下，才是至上的快乐与安详！

无痴心，便会快乐地活在当下。世人大多活在痴心妄想里，给自己设定一个根本达不到的目标，又用足错误的方法，于是乎，那个目标越来越远。人的痛苦也就越来越多。明明知道不可能达成，却还在颠来倒去地妄想着，把自己弄得像在火上烤着的鱼一样，不得安宁。印度的寂天菩萨说得好："如果事情解决得了，何必担忧；如果事情解决不了，何用担忧！"天下事，无非两个答案：要么解决得了，要么解决不了。担忧其实就是浪费精力、时间与生命！《金刚经》说："过去心不可得，现在心不可得，未来心不可得。"这"三心"均不可得。所以，佛要我们"应无所住而生其心"。可我们总爱"有所住而生其心"，把心定在一个虚幻的点上，将自己弄得很痛苦，还怪老天不公平。

神秀大师的那首偈也是让我们放下：“身似菩提树，心如明镜台。时时勤拂拭，勿使惹尘埃。”要做到“心如明镜台”，必须把自己的贪念、嗔恨、愚痴、傲慢、怀疑、邪见等恶习去掉，也就是放下这些，放下了这些，六根、六尘、六识也就清净了，烦恼也就没有了。放下，解脱；放下，自在；放下，幸福；放下，安详……

放下，放下，再放下，放得不能再放了，这个时候，你要再找一个烦恼都困难了。放下即是极乐之境。

吃亏

吃亏其实也是敬人。古人说：敬人者，人恒敬之。此话一点不假。处处占便宜的人，人缘一定不好，走到哪儿都会遭人唾弃。

现在是个很讲究“吃”的年代。

天上飞的、水里游的、地上跑的，凡是能够吃的，都逃不过人类的嘴巴。路过一些酒店，招牌广告不外乎生猛海鲜、野生猎物等，似乎不吃这些东西便不足以维持生命，不足以体现生活品位。一日三顿还不够，还得非要去吃一顿宵夜！逢年过节，除了吃还是吃；红白喜事，除了吃还是吃；乔迁或添子，除了吃还是吃。自古以来留下一句老话：民以食为天！还有一句话非常霸气：吃饭大如天！所以，老人们在儿孙辈吃饭时，是不敢随便打骂的。不管什么事，等吃了饭再说。

吃饭人人争先，吃亏则个个退后。都说吃亏是福，可是没有人认为吃亏真的是福，总觉得吃亏是落福，却不知吃亏真是培福。吃亏，就是成就别人，有好处与别人共享，这在表面上看来，的确是失去了，但从心性上来说，是得到提升了。肯吃亏，代表气量大，有量就有福，有福就有灵，所谓“福至心灵”是也。

《增一阿含经》卷三十一载：阿那律于听佛说法时睡眠，被佛呵责，乃发奋不睡，致目失明。于缝衣时，而作是念：“谁欲求福，与我穿针！”佛以天耳遥闻，即至阿那律前，而告之曰：“汝持针来，吾与贯之。”阿那律白佛：“我谓世间欲求福者；世尊已得无上正觉，福慧已足，何犹求福？”佛言：“世间求福之人，无复过我！如来于六法无有厌足，谓：施、教诫、忍、法说义说、将护众生、求无上道。”

阿那律尊者是佛陀的堂弟，在释迦牟尼佛成道以后，佩服佛陀的修行，于是出家跟随佛陀修行。一次在佛陀说法的时候，阿那律尊者睡着了，佛陀批评说：“咄咄汝好睡，螺蛳蚌蛤类，一睡一千年，不闻佛名字。”于是，他就发奋修行，不再睡眠。但是，因为长期没有闭眼休息，阿那律尊者失明了。他想缝衣服，却看不见针和线，就说：“谁想求福，帮我穿一下针线吧。”佛陀用天耳远远地听到了，走到阿那律的面前，对他说：“你把针线拿过来，我帮你穿。”佛陀不仅帮阿那律尊者穿了针，还教他天眼通。最后，阿那律尊者修成了天眼通，成了千里眼。

释迦牟尼佛已经修成了无上正觉，福慧已足，但是对于帮人穿针这样的小事，都愿意做，而我们呢，却连一点小亏都不肯吃。对于吃亏这回事，我常在课堂上对学员讲，以后要多吃什么？多吃亏。对谁吃亏？对父母吃亏、对兄弟姐妹吃亏、对朋友吃亏、对客户吃亏、对员工吃亏。有人会想：对父母与兄弟姐妹以及朋友吃亏是应该的，但怎么可能对客户与员工吃亏呢？对客户吃亏尚能理解，可是对员工吃亏就讲不通了，他们是来拿薪水的，做多少给多少，天经地义，何必要老板吃亏让他们占便宜？想不通。他们没有想过，员工是老板的衣食父母啊！没有他们，哪来老板？没有他们，哪来产品和服务？要饮水思源呀！吃亏就是付出，付出的越多，得到的也越多！

欲先取之，必先予之。仁人载物，厚道自然存于天地之间。

有一则故事，大家耳熟能详：

从前，有个人在路上经过一片沙漠，那片沙漠很辽阔，他走了几天，还没有走出这片沙漠，反而遇到了风沙，迷失了方向。他在沙漠中继续行走了几天，喝光了水壶中的水，却还没有走出那片沙漠。

他感到越来越渴，好像自己所有的水分都在慢慢地失去，快成了一具干尸。

这时候，他在沙漠中发现了一间小木屋，里面没有食物，却有一台老式的抽水机。他瞬间看到了希望，使劲儿地用抽水机汲水，但是汲了很久，却一滴水也没有汲出来。正在他沮丧的时候，他发现抽水机旁边有个小瓶子，瓶口贴着一张已经泛黄的纸条：你必须把瓶中的水倒入抽水机，才能汲水。同时，不要忘了，离开之前再把小瓶中的水装满。

看了纸条，他非常犹豫，如果将瓶子里的水倒入抽水机，却没有汲到水，那就会活活渴死在沙漠里；如果将瓶子里的水喝了，那以后的人怎么办？犹豫了很久，他做出了一个艰难的决定，将水倒入了抽水机。当他用颤抖着的双手再去汲水时，轻轻一摇，水大量地汲了起来。

他喝了很多水，将他的水壶也灌得满满的，又将抽水机旁边的小瓶也灌满了水，然后又在纸条上加了一句：相信我，这是真的，要想有收获，必须先付出。

吃亏其实也是敬人。古人说：敬人者，人恒敬之。此话一点不假。处处占便宜的人，人缘一定不好，走到哪儿都会遭人唾弃。

英国前首相威尔逊说过一句话："我的人生哲学就是要在对方的错误中，发现我的责任。"有一次，威尔逊在一个露天广场当着成千上万的人演讲。他的演讲才刚刚开始，一个鸡蛋向他砸来，正中他的脑袋，顿时，他的脸上全是蛋清、蛋黄，他干净笔挺的西装上也沾上了蛋液。他的样子看起来狼狈极了。过了几分钟，一个保安匆匆跑来告诉他，肇事者已经找到了，是一个小男孩。威尔逊听了，马上让人记下小孩的姓名和联系方式。这下，大家都以为这个小男孩要遭殃了。但是威尔逊却说："我的人生哲学就是要在对方的错误中，发现我的责任。刚才那个小朋友拿鸡蛋砸我，这种行为是不对的，但是那个小朋友能在那么远的地方用鸡蛋一击击中我，这说明他投得很准，也许将来他能成为一个非常出色的棒球选手，所以我要将他的名字记下来，栽培他，这是我的责任。"可以想象，当威尔逊讲完这番话之后，场内的听众必然非常感动，首相的亲和力也表现得淋漓尽致。

著名作家贾平凹说："舍与得实在是一种哲学，也是一种艺术。"善于舍弃，包含着审时度势的大智慧和当断则断的大谋略。古人说："两利相权取其重，两害相权取其轻。"从这句话里，可以体会出：舍与得只是一体的两面，互为因果。大舍大得，中舍中得，小舍小得，无舍无得。那些总想得到却总是得不到的人，不是不努力，而是不懂得舍弃的道理，不懂得付出的重要。

如果想得到更多，没有其他途径，唯有多多吃亏！

说到底，吃亏也就是舍弃。人生在世，无非是在得与失中度过。有所得，必有所失；有所失，也必有所得。与人交往时，懂得吃亏，是一种大智慧，是一种胸怀，一种品质，一种风度。

空杯

“空”并非什么都没有了，它是一切，是所有的可能性在脉动，即“真空妙有”。

古代那则“空杯故事”一直流传至今，虽然故事的版本或所不同，但内容却是一致的：

唐朝末年的五代时期，群雄争霸，狼烟四起，当时的闽王王审知为了巩固江山，收买人心，也为了忏悔滥杀无辜的恶业，开始信奉佛教。但由于他乃一国之主，身上仍留有一份浑然不觉的贡高我慢之心。一天，他到福州西湖拜见扣冰古佛，叩请治国方略，但他身上的那股傲慢自满却在扣冰古佛面前显露无遗。因此，无论闽王如何好语讨巧，扣冰古佛一直保持沉默，只顾喝茶。在给闽王斟茶时，明明杯子里的水已经往外溢了，他仍在加水。闽王见茶水流了一桌子，不禁讶然道：“师父，茶水已满，为何还要加呢？”扣冰古佛依然不语，继续为他倒茶。闽王似有所悟，便将杯子里的茶一饮而尽。扣冰古佛再次将他的茶杯满上，开口问道：“您会喝茶吗？”闽王说：“不会。”扣冰古佛说：“那就先学喝茶吧。”闽王问：“喝茶还要学吗？”扣冰古佛说：“闽王的心就像这个杯子，已经装得满满的了，不把杯子倒空，如何装得下别的东西呢？”闽王恍然大悟，终于明白此中禅意，从此褪去身上的自满，并从中悟得许多治国之道。

在佛教中，“空”的概念非常重要，这个字有着深奥的含义和潜力。《心经》中讲“色即是空，空即是色”。“空”并非什么都没有了，它是一切，是所有的可能性在脉动，即“真空妙有”。它的潜力尚未显现出来，但一切东西已经深藏其中。它在开始之时是自然，结束之后也是自然，生命的整个旅程是从空到空，它是非常自然的，但我们在里面充塞进了许多无谓的东西——“色”，诸如担心、失望、野心、焦虑和烦恼，等等。

只有空的杯子才可以倒进水；只有空的房子才能住进人；只有空的容器才能装入东西，甚至空谷才能有回声。每一个容器的价值就在于它的空，否则就没有其存在的意义了。天是空的，才能任鸟飞；海是深阔的，才能凭鱼跃。“空”是“有”的可能和前提，“空”是“有”的最初因缘。空也是一种度量和胸怀，空是人生的至高境界。“虚怀若谷”，说的就是这种人生境界。

“空杯心态”的概念一经提出，便为很多学者和修行人士所认同并接纳，也为一些才华横溢的人所诟病，他们认为：要天才清空过往的知识，去学习接纳当下的知识，岂不是让天才成了愚人吗？他们错误地理解了“空杯”，“空杯”不是清空知识，“空杯心态”追求的是一种思想的境界，是一种虚怀若谷的胸怀和格局。

所以，“空杯心态”能使有德有才者变得更为上乘，让那些“老子天下第一”的自大狂认识到自己的浅薄，谦虚下来。

在生活当中，有几人是空若杯子的？大多数人都自以为是：世上何书不经我读？世上何人不经我阅？我们的新学员中，有带着傲慢心来的，在上课时根本不好好投入，眼看别人全身心地投入，还会说上两句讽刺的话。老师要是与他互动沟通，他就会不以为然地说：“这种课我上得多了，接下来会做……”其实，任何一次学习，如果不事先空掉“杯子”，是学不好的；只有虚心才能学到真正的东西。

其实，来学习的人，或多或少都会带着这样那样的问题或疑惑。很多人因为他们曾经辉煌过，自尊心不允许他们低下头，弯下腰，更不用说空掉“杯子”。他们的自我执着于过去的一切，其实，过去已经或将成为历史，历史只能翻阅，只能缅怀，不能作为后来的支撑点，更不能代表今后同样会成功。当一段辉煌过去，我们必须面对今天和当下的现实，重新调整，把原有的不合时宜的东西清空！

乔布斯20岁时就在车库里创办了苹果电脑公司。到他30岁时，苹果公司市值就达到了20亿美元，拥有4000多名员工。但他怎么也没想到的是，就在他最巅峰的时候，他竟然被董事会炒了鱿鱼！他觉得这件事情太不公平了，觉得那些反对他的人背叛了他。他为此苦恼了很长一段时间。但最后他终于想通了：这不正好是一个重新开始的契机吗？接下来他又成立了两家公司。再次创业的时候，他反思了自己在苹果公司的失败教训，改变了原来脾气火暴、一意孤行的性格，成了一个能够与人合作的管理者。后来，他的公司制作出了世界上第一部全电脑动画电影《玩具总动员》，轰动了美国乃至世界，他也再一次成为美国著名的创业明星。

而失去乔布斯的苹果公司，此时也步履蹒跚，发展得并不顺利。考虑到乔布斯新公司的表现和他本人性格的改变，苹果公司董事会又邀请他回来，重新担任苹果公司的CEO。

可以说，正是那次解雇事件，为乔布斯人生的第二次起飞奠定了基础，让他放下了自己的成就，放下了自己的骄傲，把自己放空后，迎来了事业上的重生。

后来，乔布斯在斯坦福大学做演讲时说："我十分肯定，如果没有被苹果公司炒掉，这一切都不可能在我身上发生。对于病人来说，良药会苦口。生活有时候就像一块砖砸向你的脑袋，但不要丧失信心。虽然当时我没有看出来，但事实证明，被苹果公司辞掉，是我这辈子所经历过的最好的事情。当成功的沉重被凤凰涅槃后的轻盈所代替，我们就能以自由之躯进入到生命中最有创意的时期。”

❀ ❀ ❀

我们常说，人生如茶。唯有空杯以待，才会有喝不完的好茶，才会有无尽的欢喜和感动。空杯是生机，是希望，是欢喜，是接纳，也是丰收。这个简单的道理流传了上千年，但真正做到的人却寥寥。

吴甘霖先生在《空杯心态》一书中讲到了三种状态的三种命运：

（1）主动“空杯”的人，必然会有最大最快的发展；

（2）被动“空杯”的人，虽有发展但速度和强度会大打折扣；

（3）拒绝“空杯”的人，要么停滞不前，倒退，要么成为他人的绊脚石。

所以当我们认识到“空杯”的意义时，我们就应该在人生修行的路途中，不断地去清空过往的种种，以“空杯”的心态去学习和接纳。

有的学员企业做得很成功，觉得功劳都是自己的，带着这样的“满杯心态”去提倡“空杯心态”，要求员工复制他的思维模式及成功经验。其实，这也不是真正的“空杯”。

有学员跟我说：“老师，我也知道‘空杯心态’的道理，但我就是不知道怎么入手。头绪太多了，没有一个切入口。”切入口在哪呢？其实就在他自己身上，当他自己通过修行真正意识到“空杯心态”是一种境界和格局时，切入口就展现了。

稻盛和夫说：“你无为，你的下属就会无不为；你无言，你的部属就会有很多话；你无能，你的部属就会很能干。你所要看的是他们做得对不对，而不是跟他们去抢工作做。组织有三个阶层：基层、中层、高层，用三个字来代表：有、能、无。基层重有，对于他们来讲看得见的，摸得着的，具体的东西是最重要的；中层重能，干部一定要能干，所以要能；当到老总，一定要无，如果你老是有，你就使得员工很难做事。你太能干，所有干部都无能为力，所以一定要无。”

说到底，空来空去，空的只是心，也就是原有的观念。必须把原有的不合时宜的观念清除掉，空光，清清爽爽，才有可能出现新的面貌，否则，就是一句空话！

在这里，我还是想用一则故事来结束这一话题的分享：

有一个人走在沙漠里，走着走着鞋子里就满是沙子了，脚被硌得很疼，他就倒掉沙子，穿上再走，可不一会儿，鞋子里又有沙子了，他再倒掉，穿上，再走，再有沙子，再倒……他想“再倒也有沙子，不如不倒了，随它去吧”。时间一长，他习惯了鞋子里有沙子。等他走出沙漠，最后一次倒掉沙子，穿上鞋子，再没有沙子硌脚了，但他不习惯了，反而觉得鞋子里应该有些沙子才好，否则，走起路来就不舒服。

空杯心态，如果空得不彻底或者空得不够坚持，就会犹如鞋子里的沙子永远会“硌脚”，而且以“满杯”为习惯。

宽恕

“宽恕”这个词说起来真的很容易，劝说别人的时候也会说算了，宽恕别人吧，但事情到了自己头上，就是宽恕不起来。难道做到宽恕真有这么难吗？

中国文字是非常有意思的，“恕”与“怒”，这两个字看上去很相似，意思却有霄壤之别！故智者有“一恕即天堂，一怒为地狱”之说。

“恕”字，如心，如对方的心，对对方的遭遇感同身受，这样才有同理心，才能够宽恕对方。而“怒”字，心之奴隶，自己控制不了自己的心，便做了心的奴隶，那么，所做的事便无法控制了，其后果是不堪设想的。

如果一个人没有宽恕之心，便会活在愤怒里，心里头总觉得是别人欠了他的债，欠了债还不还，于是就气结在那里，无法宽恕！然后，这个“恕”就变成了“怒”，人也一下子从天堂到了地狱。“宽恕”这个词说起来真的很容易，劝说别人的时候也会说算了，宽恕别人吧，但事情到了自己头上，就是宽恕不起来。难道做到宽恕真有这么难吗？难！如果不懂得宽恕的价值，就很难做到！

有一则关于宽恕的寓言故事：

从前，一个小灵魂想去人间做一些体验，就去找太阳。太阳问：“你想体验什么？”“我想体验宽恕。”小灵魂说。但是太阳却摇摇头说：“我所创造的一切都是绝对完美的，没有什么需要被宽恕。”小灵魂向四周望望，果然一切都是完美无瑕的，没有什么需要被宽恕，它不禁十分失望。这时，一个非常友善的灵魂走出来，对它说：“我可以陪你去人间，让你体验宽恕。”小灵魂非常震惊，因为眼前的这个灵魂非常友好，非常善良。于是小灵魂问：“你在这里如此完美，为什么愿意陪我到人间去，让我体验宽恕？”这个灵魂说：“因为我爱你，你想体验宽恕，我愿意配合你，因为你曾经也对我这么做过。”“是吗，我不记得了。”小灵魂说。“是的，我记得，但是，我有一个要求，在我欺骗你，伤害你，欺负你，利用你，愚弄你，在我对你做出一些你无法想象的事的时候，请你一定记得我是谁，请你一定宽恕我。”小灵魂说：“那没问题，本来就是我自己想体验宽恕的，你在这里是那么完美，那么友善，那么善良，而且愿意陪我去人间体验宽恕，我怎么能忘了你呢？”于是，小灵魂就和这个友善的灵魂一起，去人间体验宽恕了。

故事到此为止，如果有心的话，我们可以仔细咀嚼这个故事的核心意思。我们在生活中曾经多少次受到过伤害？曾经多少次走到绝望的边缘？曾经多少次被别人折磨？但又有谁记得那个伤害自己的人，就是曾经跟自己约定的友善的灵魂？又有谁记得自己曾经主动要求到人间来体验宽恕的感觉？当初信誓旦旦地许下诺言，而今忘得一干二净，把曾经的天使当作了敌人，连自己曾经是纯洁美好的小灵魂都忘了！在人间，过着颠颠倒倒的日子，而把当初要来体验宽恕的感觉换成了愤怒！而那个友善的灵魂一直没有忘记你，一直在遵守曾经的诺言，一直在卖力地表演，而我们自己在干什么，对友善的灵魂做了些什么？如果及时醒悟过来还为时不晚，可悲的是，有些人一辈子都不记得这个约定，一到人间就迷失了自己。在茫茫人海中，那个友善的灵魂早已消失在人群中，而其实，这个友善的灵魂一直在自己的身边，只是换了一副相貌而已。

如果没有友善的灵魂努力地配合自己，如果没有他们精心地表演伤害自己的样子，我们又怎么能体会到宽恕的滋味呢？感谢友善的灵魂成就我们，帮助我们心性的成长，感谢他们真正地伤害我们，才让我们懂得什么是宽恕！

让我们醒过来吧，不要忘记曾经的诺言！我们曾经都是天使，来到人间，只为了体验人间的况味，唯有尝尽人间百味，才能明白世间人的苦处，才会激发我们以慈悲心去帮助他们，才会不断地去提醒他们，让他们回忆起当初他们都是天使，而不是现在这副痛苦的样子！

人的一生，不是用来痛苦的，而是用来体验的，用来觉悟的，然后去帮助更多的人觉悟！

让自己记住：凡是伤害自己的人，都是友善的灵魂。面对他们，除了感恩，还是感恩，因为我们知道了什么叫宽恕。宽恕的滋味是如此美好！

感恩

感恩的能量非常大，当然，我们的肉眼看不到这个能量到底大到什么样的程度，但凡看过《秘密》的人都知道，感恩是秘密中之秘密！感恩的心是打开的……

我们会唱《感恩的心》这首歌，并常被歌词所感动：

我来自偶然，像一颗尘土，有谁看出我的脆弱？我来自何方，我情归何处，谁在下一刻呼唤我？天地虽宽，这条路却难走，我看遍这人间坎坷辛苦。我还有多少爱，我还有多少泪，要苍天知道我不认输。感恩的心，感谢有你，伴我一生，让我有勇气做我自己。感恩的心，感谢命运，花开花落，我依然会珍惜。

“感恩”这个词近几年使用的频率越来越高，我们动不动就会说要感恩，要懂得感恩，但真正重视感恩的人还是不多。感恩这件事情对于生命来说，到底有多重要，很少有人去探索，去实践。

感恩的能量非常大，当然，我们的肉眼看不到这个能量到底大到什么样的程度，但凡看过《秘密》的人都知道，感恩是秘密中之秘密！感恩的心是打开的，是与宇宙融为一体的，感恩的心有着大爱，那是自然的声音。

曾几何时，我们失落了可贵的感恩之心？我有一位朋友，她是记者，在山区采访中得知一位成绩优秀的14岁女孩因家境贫寒而辍学在家，于是她赞助女孩继续上学，每个月给女孩寄零花钱与学习用品。那年暑假，她还把女孩接到家里生活。谁知一个月下来，女孩像换了个人，逢好的挑着吃，从不干活，连自己的衣服都不洗。如果让她洗，她会说：“你们家不是有洗衣机吗？干吗还要我洗？”她还不断提要求说明天想吃什么，要买什么。朋友的朋友看不下去了，对她说：“你看你阿姨对你这么好，你怎么可以这样不懂事？”她反问道：“我咋不懂事了？”朋友的朋友说：“你不能这样提要求的，吃这个吃那个，太过分了。”她说：“这有什么，她的钱多得是！”朋友的朋友说：“她哪来这么多钱啊？就这点工资。”女孩说：“她要没有钱，资助我干吗？”朋友的朋友一时语结。天底下居然有这样的人，把人家对她的爱当作活该！非但没有一颗感恩的心，反而变本加厉地提出各种要求。

没有感恩的心，无异于一颗石头，任何爱都无法生长。而感恩之心才是丰腴的土地，播下一点爱的种子，就会长出大片大片的爱来，形成爱的海洋。

有一则关于感恩石的故事，大家应该都听说过：

这是著名作家李·布劳尔的亲身体验。有一天，他因为家里出事，心情非常不好。他在河边随便捡了一块石头，把它叫作“感恩石”——每当摸到这颗石头，就去想一件令人感恩的事情。他把这颗石头放进口袋，每天早上，他把这颗感恩石拿出来，摸摸它，想一遍所有值得感恩的事情；每天晚上，他也把这颗感恩石拿出来，摸摸它，再想一遍所有值得感恩的事情。久而久之，这成了他的一种习惯。他也变得越来越快乐，越来越乐观。有一次，他和一位南非的朋友去餐厅吃饭，在他脱外套的时候，这颗感恩石掉了出来。那位南非的朋友非常惊奇，问:“这是什么？”他就把感恩石的原委告诉了他。南非的朋友非常诧异。过了一会儿，那位朋友有点沉重又有点期待地对他说：“我的儿子得了一种罕见的疾病，可能会有生命危险，你能给我三颗感恩石吗？”他允诺了。他想：这是为了挽救朋友的儿子的生命，这三颗感恩石一定要非常特别才行。他在那条河边停留了很久很久，终于，他找到了三颗令他满意的感恩石，交给了朋友。他的朋友将感恩石带回了南非，交给了儿子。朋友的儿子也学着他，早上摸摸感恩石，想想值得感恩的事，晚上摸摸感恩石，想想值得感恩的事。几个月后，他收到了南非的朋友发来的邮件，原来在每天早晚的感恩中，他的儿子的病恢复得非常快，现在已经痊愈了，而且，他还在当地卖出了上千颗感恩石，每颗十美元，所得的款项全部捐献给了当地的慈善机构。

千颗感恩石，就是千颗感恩的心。我们为什么不在自己的口袋也装一颗感恩石呢？

感恩所有的一切吧，宇宙会收到我们正能量的订单，并会回馈给我们更多值得感恩的事。

“感恩”这个词，看起来很简单，但所包含的内容太丰富了。它会让我们长时间地处于积极正向的思维和情绪中，从而自动自发地吸引更多积极正向的美好事物。

在我懂得了这个道理，每天早晨起床后，都会真诚地去感恩生命中应该感恩的人与事，这绝不是例行公事，绝非早课晚课那么简单，而是发自内心的一份祝福、一份回馈！我深深明白，感恩应该是我生命中每一天第一件要做的事，一件非常重要的事！不管这一天会发生什么不愉快的事，感恩的心始终不会冷却。如果要列出一份感恩的清单，我想会有几十个、几百个甚至几千个要感恩的人与事。但我在感恩当中，择其重者便是：感恩父母给了我生命；感恩先生爱护我陪伴我；感恩祖国培养了我；感恩老师辛勤教导；感恩公司领导慈悲栽培；感恩公司同事帮助支持；感恩朋友关心爱护；感恩每一期的学员从五湖四海来到课堂；感恩我的助手辛苦付出；感恩一切苦难磨炼了我；感恩所有的逆境让我成长与坚强；感恩天地万物哺育我；感恩为我提供吃穿住行的一切人；感恩白天与夜晚；感恩风霜雨雪；感恩季节带给我的一切感受；感恩人世间还有感恩这样一件事……

我的工作应该说是很辛苦的，但因为有了感恩的心，便不觉得辛苦，苦中会有乐趣。没有一种乐，比付出更快乐！工作着是美丽的，因为工作中一直在付出，付出中有感恩，于是，一切的苦便都是甜的。感恩是一把转苦为甜的钥匙。在感恩面前，任何不幸都会遁迹于无形！

请看一则故事：

从前有一个少女，名叫兰洁子。在一次去朝圣的旅途中，她来到了一个村庄。那时候，天色已晚，太阳已经渐渐隐去了它的光辉，黑夜即将来临。她向那里的村民乞求，希望能让她住一个晚上。可是，那些村民非常闭塞，非常野蛮，他们二话不说，就拿起棍子，将她赶出了他们的村子。

那是一个非常寒冷的晚上，兰洁子一个人露宿在野外的一棵樱花树下，瑟瑟发抖。终于在半夜的时候，她被冻醒了。她望着天空，天上的群星在朦朦胧胧的雾气中点点闪烁着，头上的樱花也盛开了，被风一吹，像雪花一样随着风打着转儿。她被这样的美景吸引了，良久，她站了起来，深深地向那个村子的人鞠躬致敬，如果他们让她留宿，她就看不到如此美丽的景致了。

要是换一个人，一定非常生气，一定会责怪这个村庄的人冷漠无情，而兰洁子没有这样做，她的内心是那么圣洁，充满了感恩与感激。她的心是那么丰盈，任何不愉快的事情都装不下。所以，当我们的内心充满感恩的时候，任何看起来关闭着的门，都能成为一个开口，将我们带入更大的世界当中。不管碰到什么事，不要生气，不要难过，要坦然接受，不仅接受，还要欢迎。所有的境界到了我们面前，都是一种珍贵的礼物，虽然有些礼物看起来包装得很难看，打开来看时，也不怎么赏心悦目，但只要我们怀着一颗感恩的心去接纳，我们收到的礼物将会越来越好且越来越多。我们的人生也会提升到一个新的境界。

在生活中，有些事看似不值得感恩，但如果用感恩的心去看，便会有不同的结果。美国前总统罗斯福的一段经历很有启示作用：有一天，他家失窃了，被偷去了许多很有价值的贵重物品。一位朋友听说了，就写了一封信去安慰他。但是，罗斯福总统很坦然，他在回信中说道："亲爱的朋友，我现在很好，你一点也不需要为我担心。我现在需要感谢上帝。第一，窃贼只是来我家偷东西，并没有伤害任何人；第二，窃贼偷去了我的很多财产，但是这并不是我的全部财产；第三，做贼的是他，并不是我。"

感恩的心，是绽放着的花朵。走到哪儿，都会亮丽那一片天空。无论抬头，无论低眸，也无论是相聚还是作别，那一朵花始终是绽放着的，因为感恩一路伴行！

按常理，失窃绝对是非常不幸的坏事，而罗斯福总统却能够从失窃这件事中找到值得感恩的理由，这是多么了不起！如果我们都能够这样去做，那生活中还有什么事不值得庆贺呢？什么事不能够去好好地感恩呢？

感恩的心，是绽放着的花朵。走到哪儿，都会亮丽那一片天空。无论抬头，无论低眸，也无论是相聚还是作别，那一朵花始终是绽放着的，因为感恩一路伴行！

欣赏

欣赏自己是一种好习惯，能够肯定自己，欣赏自己，也就会爱自己。一个爱自己的人，再去爱别人就比较容易了。

在生活中，一个习惯于欣赏别人的人，一定是个内心丰富的人。培根曾说：“欣赏者心中有朝霞、露珠、常年盛开的花朵；漠视者冰结心城、四海枯竭、丛山荒芜。”

欣赏自己是一种好习惯，能够肯定自己，欣赏自己，也就会爱自己。一个爱自己的人，再去爱别人就比较容易了。一个连自己都不爱的人，让他去爱别人，恐怕就显得有些难了。但在欣赏自己的同时，千万不能忘了要欣赏别人！

欣赏别人是一种美德，是一种胸襟，是一种智慧，更是一种雅量！古今中外不乏具有这些品德的人。北宋的时候，欧阳修诗文双绝，名甲天下，是当时的文坛领袖。那时候，苏轼刚刚从蜀中来到中原，默默无闻。在一个偶然的机会里，欧阳修读到了苏轼的文章，拍案叫绝，他说：“取读轼书，不觉汗颜，快哉快哉，老夫当避路，放他一头地也。”虽然，当时他还不认识苏轼，却时常推荐苏轼，使苏轼很快名扬天下。这种心胸，这种雅量，这种气度，不愧为一代文坛巨匠。按世俗的说法，文人相轻。大多文人是看不起其他文人的文章的，有首打油诗如此说：“天下文章属三江，三江文章属吾乡。吾乡文章属舍弟，舍弟随我学文章。”说来说去，还是自己最厉害！老子天下第一！所以，这样的文人绝对成不了文坛宗师！

在国外也有雅量非凡的文坛大家。屠格涅夫与列夫·托尔斯泰的一段佳话足可佐证：

有一次，屠格涅夫在打猎的空隙，随手翻了几页一本叫作《现代人》的杂志，被里面的一篇小说深深地吸引了。但是这个作者他却没有听说过，于是他四处打听，得知他是一个初出茅庐的新手，还是一个从小失去了父母被姑母养大的孤儿。屠格涅夫更欣赏那位作者了，他经常公开地称赞他。这个消息很快就被作者的姑母知道了，并告诉了那位作者。作者欣喜若狂，他当时只是信笔涂鸦，抒发内心的苦闷，谁知道著名的作家屠格涅夫竟然会欣赏他。屠格涅夫的欣赏，一下子点燃了他心中的创作火焰，让他找到了人生的信念和目标，从此他一发而不可收，不断地创作，最终成为世界著名的作家。他就是俄国著名的作家列夫·托尔斯泰，创作了《战争与和平》《安娜·卡列尼娜》《复活》等世界名著。

在生活中，我们每一个人都渴望得到别人的欣赏。欣赏别人，其实就是庄严自己！诚如爱默生所言："人生最美丽的补偿之一，就是人们真诚地帮助了别人之后，同时也帮助了自己。"

有人在团队里做过这样的游戏，让每个人写出平时最有好感的人员名单，同时也写出最讨厌的人员名单。最后统计发现一个规律：你产生好感的那些人，往往是对你有好感的人；而你所讨厌的人，往往也是讨厌你的人。这是反作用力的原理！你心中有佛，看人都是佛；你心中有魔，看人都是魔。

苏轼与佛印禅师的故事说明了这个道理：

佛印是宋代的云门宗僧，是大才子苏轼的好朋友。有一天，苏轼与佛印一起坐禅。他们坐了一会儿，苏轼问佛印禅师道："你看我这样坐着像什么？"佛印说："像一尊佛陀。"苏轼非常高兴。接着，佛印又问他自己坐着像什么。苏轼想揶揄他，就说："像一坨屎。"说完，苏轼非常得意，以为佛印禅师这下终于着了他的道了。他偷偷看了一眼佛印禅师，却看到佛印禅师依旧禅坐如昔，没有任何反应。

苏轼得意扬扬地回到家，碰到苏小妹，就把刚才揶揄佛印禅师的事眉飞色舞地告诉了她。听完这件事，苏小妹哈哈大笑，说："哥哥，佛印禅师心中有佛，所以他看你就像佛，你看禅师是一坨屎，可见你的心里装的是什么。你又输了啊。"

欣赏别人不是假意奉承，假意奉承讲出来的话是不真诚的，人家听了也会不舒服。真诚欣赏别人的话是流自心底的，对方会接收得到，也能受用。反过来，他也会欣赏你，尊重你！所谓"爱人者，人恒爱之；敬人者，人恒敬之"是也。

欣赏是一剂良药。所以，我们在企业里推行"三欣会"：欣赏自己，欣赏对方，欣赏团队！经常开开三欣会，人人的脸上都会开出花儿来。哪怕自己某些地方做得并不是太好，但由于别人夸奖过自己，今后在这方面肯定会越来越好！三欣会可以在单位里开，也可以在家庭里开，更可以在朋友中开。

欣赏别人，要养成一种习惯，善于发现对方的细微优点，然后加以欣赏。每个人身上的缺点其实只是那么一点点，而优点是一大萝筐，为什么我们只盯住一点点缺点而忽略了那么多的优点？

有这样一个真实的故事：

有一位绅士，路过一个火车站，看到一个双腿残疾的人匍匐在路边，他的身边放着几支铅笔。他心生怜悯，丢下了100便士，匆匆走了。

过了一会儿，这个绅士又回来了，对那个残疾人说：“请原谅我的过失，你是一个生意人，我却把你当成一个乞讨者。”然后，那位绅士拿起几支铅笔，走了。过了一段时间，当他再次路过这个车站的时候，一个店主把他叫住了，对他说：“你还记得我吗？我一直记着你，一直期待你的到来。当我摆摊卖铅笔的时候，你是第一个把我当成生意人的，我现在真的成了一个生意人了，谢谢你！”

欣赏别人是一种非常优良的品德，所以，大音乐家贝多芬非常重视这种品德教育，他说：“把‘德性’教给你们的孩子——使人幸福的是德性而非金钱。这是我的经验之谈。在患难中支持我的是道德，使我不曾自杀的，除了艺术以外也是道德。”

一个人能够立足于这个世间，德性是非常重要的。而欣赏别人是这份德性里不可或缺的一部分。

欣赏如花，欣赏在哪里，花便开在哪里；欣赏如灯，欣赏在哪里，光明便照在哪里。

分享

分享如同鲜花一样芬芳，花儿开放的时候，它是幸福的，因为大家都能分享到它的香味，那是花儿最有价值的时刻。要是花儿不知道分享，不舍得将香味散发出来，那么，谁也不知道花儿是如此美丽芬芳的。

赠人玫瑰，手留余香。分享的美妙就在于此！

印度灵修大师奥修说："如果你无牵无挂地生活，你的存在就会开花，别人也会分享你的存在。"他又说："当你成为一个整体时，也是同样的情形：你会成为一棵开花的树。你越是给予，你将发现更多的会到来；你分享得越多，你从中也就成长得越快。快乐越来越多，欢喜越来越深——分享吧，因为如果不分享，一切都会死去。"

如果一滴水只想自己独自存活，那么，它势必会枯竭；如果它融入到大海中去，那么，它的生命不但延长，而且还能跟大海分享生命的喜悦。我们经常听到这样的话："如果你把快乐告诉一个朋友，你将得到两份快乐；而如果你把忧愁向一个朋友倾诉，你将被分掉一半忧愁。"

橘子为什么会长成一瓣一瓣的？有人会说，长成一瓣一瓣便于吃呀。对，也不全对。它长成一瓣一瓣的样子，就是告诉我们：不要光顾着自己吃，还要一瓣一瓣地分给大家一起品尝。橘子无言，它用自己的形状告诉大家：学会分享！

日本的森村诚一说过："幸福越是与人分享，它的价值便越会增加。"

懂得分享的人往往是成功者，如新东方集团的董事长俞敏洪。在他的人生哲学中，他并不太在乎自身财富的积累，他更在意的是"团队分享"——整个团队一起分享胜利的果实。有时候，他甚至宁可自己吃亏，也不愿意亏待他的团队。俞敏洪小时候，家里非常贫穷，他偶尔得到两块糖——那时两块糖对一个贫穷的农村小孩子是多么的宝贵——还没有来得及品尝糖的滋味，就来了两个经常一起玩的小伙伴。于是，他把这两块糖剥开，分给了他们，而他自己就只能舔糖纸了。他说他的这种分享的理念来自小时候。因为小时候，他的身体比较弱，很怕被小伙伴们欺负，于是，他想到通过这种"讨好"的方式来结交朋友。长大后，俞敏洪更是认识到朋友的重要性。他说："如果你在团体中工作，你必须遵守在一个团体里做人的规则。因为人是群居的动物，所以无论是谁，都必须学会在人群中生活。不管你的个性多么桀骜不驯，只要你选择了在公司上班，在团队中工作，你的人际交往能力决定了你在一个团队里的位置和威信。”

此外，他还说过一个“分苹果的理论”——比如，现在你一共有6个苹果，你自己留下1个苹果，把另外5个苹果分享给别人吃。当你把自己的苹果分享给别人的时候，虽然你并不知道别人将来会给你什么，也许不一定有回报。但是，你一定要分享。因为在别人吃了你的苹果后，当他有了其他水果，他一定会分享给你。即使最后你得到的水果的总数并不一定会增加，但是，你生命的丰富性却成倍增加了。你看到了不同的水果，也许不仅仅限于水果，还有其他的东西。更重要的是，你学会了在人与人之间进行物质、思维、想法、精神、灵魂的交换。这种交换的能力是非常重要的，一旦你拥有了这种能力，你将源源不断地得到各种帮助。

分享在生活中原来是这么有意义的。如果想交到真心的朋友，有一个先决条件不能忘，那就是时刻记住跟朋友分享生活，包括分享你的财富与成果，分享你的成功与失败，分享你的痛苦与幸福，分享你的每一次感动与失落。分享的时候，你是朋友最值得依靠的人，也把朋友当作了最可依靠的人！友情就在彼此的分享中升华，人生就在彼此的分享中丰富。这种分享如同鲜花一样芬芳，花儿开放的时候，它是幸福的，因为大家都能分享到它的香味，那是花儿最有价值的时刻。要是花儿不知道分享，不舍得将香味散发出来，那么，谁也不知道花儿是如此美丽芬芳的。

在众多的生命品质中，分享算得上珍贵。人生由于懂得分享而显得分外难得与美好。无论生活多么艰难和令人沮丧，只要有分享的心在，一切都不在话下了。

有一则关于分享的故事：

从前，在一个小山村里，有四个兄弟相依为命。他们的父母都早早地离开了人世，最大的那个哥哥照顾着三个弟弟。

哥哥每天去城里打工，以帮小商贩搬东西为生。有一天，哥哥下班回家，给弟弟们每人带了一块糖。自从父母去世，他们已经很久没有吃过糖了。这块糖对于他们来说，无疑是甜蜜无比的。哥哥看着弟弟们津津有味地舔着糖果，若有所思，然后对弟弟们说："糖好吃吗？"弟弟们的脸上露出了久违的笑容，一个个开心地点着头，齐声说："好吃，特别甜。"哥哥说："以后只要你们开心快乐，哥哥每天下班都给你们带糖。"于是，哥哥在城里拼命打工，虽然有时候会遭人白眼，有时候会被人看不起，有时候会被呼来喝去，但是他只要一想到他的弟弟们，他的心就软了，繁重的工作似乎也没那么累了。弟弟们虽然每天在家里待着，但是他们总牵挂着哥哥，不仅因为每天的糖果，更因为那是唯一有能力照顾好的哥哥。

一天，哥哥傍晚从城里下班回来了，但是神色暗淡，双目无光，也没有和往常一样给弟弟们分糖果。而弟弟们则和往常一样，围到哥哥的身边。看着哥哥沮丧的神情，弟弟们好像懂了什么。这样沉默了一会儿，一个弟弟忽然把他的小拳头伸到哥哥的眼前，晃了晃，张开拳头，里面是七颗糖果，然后拉出哥哥的手，把自己手中的糖果放到了哥哥手里。另外两个弟弟也是如此，把小拳头伸向哥哥，把自己攒下的糖果放到哥哥的手中。哥哥呆住了。过了一会儿，哥哥紧紧地搂住了三个弟弟，呜呜地哭了。从此以后，哥哥还是和往常一样每天给弟弟们带三颗糖回来。但是，每天总会有一个弟弟不吃糖，把他的糖果分享给哥哥吃，同时，也把他们的快乐分享给哥哥。虽然三个弟弟每天都有一个没糖吃，但他们四兄弟却比以前更加快乐。

故事中，三个弟弟虽然还很幼小，但也体会到了分享的重要。他们知道哥哥每天都很辛苦，每次给他们带糖来，可他自己都没有吃糖，所以，他们中有一个会把自己手里的糖保存起来，等哥哥回来的时候送给他吃。尽管糖是甜蜜的、好吃的，但哥哥的爱比这糖更重要。

只有怀着感恩之心的人才会去分享，只有懂得回报的人才会去分享。在行文结束的时候，想起一首歌，名字叫《分享》，与朋友们一起分享：

你说过输赢的事要一起面对

你发誓难过不会偷偷掉眼泪

灯光亮起的时候

勇敢自信去追求

在鲜花掌声背后

我们还是最真心的朋友

你说过不会放弃坚持的东西

你有颗善解人意、包容的心

就算一点小风雨

迷失我们的眼睛

也吹不动我们相聚的坚定

我知道唱到最后只有一个是最幸福的

请试着忘掉心灰

一起温习那首我们共同的歌

请试着擦干眼泪

一起分享那段纯真的快乐

……

责任

什么是责任？责任是分内之事。也就是承担应当承担的任务，完成应当完成的使命，做好应当做好的工作。责任无处不在，无时不在。小至家庭，大至国家，都有我们每个人的责任。

承认是一种能力，承担是一种格局。能够承认并承担的人，往往是一个负责任的人！

在错误与问题面前，人们喜欢推卸责任。错误与问题都是别人的，成绩与功劳都是自己的。

当一件事情一发不可收拾，需要有人承担责任时，你会挺身而出吗？

古时候，有一位禅师一天告诉寺里所有的小和尚他手中常戴的佛珠不见了，他希望那个偷了佛珠的人自己承认，他不会责罚他的。可是，过了许久，都没有一个人承认。无奈之下，这位禅师就让所有的小和尚下山。就在这时，一个瞎了眼的小和尚站了出来。禅师问道："是你偷了我常戴的那串佛珠吗？"那个瞎眼的小和尚说："不是的，我只是不想让你把所有的师兄赶下山去，我只想让这件事有个了结。"老禅师微微一笑，从自己的怀里掏出了那串佛珠，然后说："你的眼睛虽然瞎了，但是你的心却是明了的，你才是真正学到佛理的那个人啊！"

自己没有偷过佛珠，但为了让禅师不要赶走众师兄，更不要让事情拖下去没完没了，于是，他挺身而出，承认并承担这个责任。不论在什么场合，一个勇于承担责任的人，必定是一个大成就者。

有一则发生在美国的故事：

在 20 世纪 20 年代的某一天，一个年仅 12 岁的小男孩与他的伙伴们踢足球，一不小心将足球踢向了邻居的玻璃窗，砸碎了玻璃。这时，一个怒不可遏的老人从屋里冲出来，大声责问："这是哪个人干的？"所有的小伙伴一个个都逃跑了，只剩下了这个小男孩。他低着头走到怒气冲冲的老人面前，向老人道歉，请老人宽恕。但是，老人十分固执。小男孩委屈得哭了。最后，这个老人终于同意让小男孩回家拿钱赔偿。

到了家，那个闯祸的小男孩畏畏缩缩地将这件事情告诉了他的父亲。出乎意料，他的父亲并没有责骂他，也没有因为他还小就额外开恩，他的父亲说："你应该对你的所作所为负起责任。"然后，他掏出了20美元，严肃地对小男孩说："这些钱是我暂时借给你的，你先赔偿给人家，不过你得还给我。"小男孩从父亲的手中接过钱，赔给了老人。

在接下来的日子里，小男孩只能一边努力学习，一边利用空闲时间打工挣钱。他有时候去餐馆洗盘子，有时候去垃圾箱里捡破烂，有时候还帮人洗车擦车。为了赚钱还给父亲，他所有能干的活都干。过了几个月，他终于靠自己的双手挣到了20美元，并自豪地交给了父亲。父亲欣慰地拍拍他的肩膀，说："一个对自己的行为负责的人，一定会有出息的。"

果然，很多年以后，这个男孩成为美国的总统——里根。后来，当里根总统回忆往事时，他深有感触地说："正是那一次闯祸，让我感悟到了什么是责任。"

❀ ❀ ❀

或许，在大的灾难面前我们也会做到负责任，譬如汶川大地震后，举国上下包括世界各地的人都动员起来，抗震救灾，齐心协力支援灾区，帮助灾区人民渡过难关。可是，人心很微妙，灾难过去了，我们的责任心又跑掉了。我们刚被唤醒的爱心又进入了睡眠状态。

什么是责任？责任是分内之事。也就是承担应当承担的任务，完成应当完成的使命，做好应当做好的工作。责任无处不在，无时不在。

小至家庭，大至国家，都有我们每个人的责任。责任是道德建设的基本元素。官德、师德、医德、商德、艺德、社会公德、职业道德、家庭美德，都以责任为基础。有责任感的人，受人尊敬，招人喜爱，让人放心。

梁启超说：“人生须知负责任的苦处，才能知道尽责任的乐趣。”

有一则《还债的故事》，大意如下：

从前，有一个人叫弗兰克，他是一个生活在美国的意大利移民。经过不懈的努力和艰苦的奋斗，弗兰克有了一家自己的小银行。但不幸的是，有一天，他的银行被人抢劫了，所有的钱都被抢走了，所有的储户失去了他们的存款，他也破了产，变得一无所有。他有一个妻子、四个孩子，看着他的家人，他依然决定要偿还所有储户的存款。那是一笔天文数字，所有的人都劝他，因为从法律上来说，这件事情他是没有责任的。但是，他却说：“虽然在法律上，我没有责任，但是在道义上，我有责任。”经过了整整39年的艰苦努力，他终于还清了那笔债务。他终于可以自豪地说：“我现在不欠任何人的钱了。”

责任重于泰山。易卜生说：“社会犹如一条船，每个人都要有掌舵的准备。”一个不讲责任的地方，一个没有责任心的人，肯定会出问题！我们已经承受了太多太多因为责任心的缺失而造成的灾难：一起起惨痛矿难给人民的生命财产带来重大损失；一种种有毒食品导致许多无辜百姓受到伤害；一次次严重污染造成难以挽回的生态破坏……这些灾难是人为的，是由于人们缺少责任而导致的惨案！

面对这些灾难，没有几个人会说："这是我的责任！"在责任面前，他们逃跑了！

责任是上天留给世人的一道题目，一种考验。有人通过了；有人逃跑了；有人承受了；有人找人替代了。总之，不管怎么样，责任对每个人的回报也是不一样的。

责任有两种，一种是对别人负责，一种是对自己负责。如果从系统的角度来讲，对别人负责就是对自己负责。有一则小故事：

一个女子在野外遭人抢劫并强奸。有一位男子路过，听到女子在喊救命，他想：关我什么事，她是别人的老婆，我若去救了她的命，说不定我的命会被人害了，于是就一跑了之。后来他才知道，这个女子就是他的老婆！

古人说："天地生人，生一人当有一人之业；人生在世，在一日当尽一日之勤。"没有责任心的人是可耻的。让我们听从责任的召唤，让人生的每一个脚印留下芬芳！

诚信

诚信乃立身之本，人生在世，诚信为先。诚信像一面镜子，一旦打破，人格就会出现裂痕，于是，整个人生也就漏洞百出了。

诚信乃立身之本，人生在世，诚信为先。诚信像一面镜子，一旦打破，人格就会出现裂痕，于是，整个人生也就漏洞百出了。

从前，有一个年轻人，他背了“诚信、金钱、智慧、荣誉、勇气”五个沉重的包袱旅行。有一天，他来到一条河边，那条河非常宽阔，河水也非常湍急，没有办法游过去，更不能涉水而过。这时，天空电闪雷鸣，马上就要下大暴雨，突然，这个年轻人发现有一条小渔船还在河中打渔。这个年轻人便央求这个船家渡他过河，但是这个船家却说：“你身上的包袱太多了，太重了，我的船又太小，恐怕承载不了那么多的重量。”“那怎么办？”这个年轻人有些焦急。船家说：“也许你可以扔掉一个包袱。”他听后，就扔掉了“诚信”这个包袱，带着其他包袱钻进了船舱，平安地躲过了暴风雨。

不久，这艘渔船开到了一个小岛，那个岛上的人们没有烦恼，非常快乐。这个岛就叫作快乐岛。他也想在岛上永远快乐。于是，他走进了一家地产公司，想先暂时租一间房子安定下来。很快他选好了房子，准备付款。但是，当他打开装有“金钱”的那个包袱准备付款时，却被告知那种钱币在这个岛上无法流通。“那怎么办？”年轻人问。接待他的工作人员想了一想，说：“如果你有诚信的话，我们可以先借房子给你。”可是“诚信”那个包袱早被这个年轻人丢进了大河。于是他转身去了银行，他想把手中的货币换成岛上的货币。可是，银行的工作人员笑眯眯地拒绝说：“我们不能帮您兑换，我们没有见过您的这种货币。但是如果您有诚信的话，也许我们可以帮您破例。”这个年轻人有些无奈，他摇了摇头，走出了银行。

那个年轻人不相信他在快乐岛上无法生存，他觉得他自己有金钱、智慧、荣誉、勇气，无论哪个包袱，都是非常珍贵的，他可以靠着自己的能力在快乐岛上寻求到一处立身之地。

于是，这个年轻人去快乐岛上一家非常著名的企业应聘。他来到考官面前，非常自信地展示了他的其他四个包袱，面试官非常满意，然后问：“请问你有‘诚信’吗？”这个问题把他难倒了，他的诚信早已沉到了河底。“这很重要吗？”年轻人有些不解。“当然，”主考官严肃地说，“诚信是快乐岛的通行证，无论干什么都需要诚信。”

这个年轻人更加无奈了，快步离开了这家公司，然后又去了其他几家公司应聘，但是结果都是如此，都需要诚信。

“也许我不适合这里吧。”这个年轻人准备离开。这时候，他看见了一个非常美丽的女孩，既清纯又可爱，是他的梦中情人，他对她一见钟情。他来到那个女孩面前，想和这个女孩交朋友。他向这个女孩展示了智慧、荣誉、勇气，但是这个女孩却问：“你有诚信吗？”“我没有诚信，但是我的其他包袱不可以弥补我的诚信吗？”这个年轻人恳切地说。女孩说：“诚信是这里的通行证，如果没有诚信，你将被认定为一个不可靠的人。”说完这句话，女孩就离开了。

年轻人更加沮丧，他去了港口，碰见了刚才载他来的渔夫。渔夫奇怪地问：“你怎么又回来了？”年轻人说：“在这里，什么都需要诚信，而我的诚信早已被丢在了河底。”那个渔夫意味深长地看了他一眼，缓缓地说：“其实，诚信是这个岛上的通行证。在这个小岛上，正因为人人都有诚信，所以，人人都快乐，此岛得名快乐岛。刚才被你丢弃的，是你最宝贵的财产啊！”这个年轻人沉默了。过了一会儿，他跳上了船，对渔夫说：“请您开船吧，帮我渡回去，我要把诚信找回来！”

其实，诚信这个话题，近几年谈得比较多，前几年的高考就有以“诚信”为题目的作文，引起了全国范围内讨论“诚信”的热潮。

自古以来，人们都知道诚信之重要！仅仅关乎诚信的成语就不知凡几，如“抱诚守真”“诚至金开”“赤诚相待”“闲邪存诚”“修辞立诚”“一言九鼎”“一诺千金”“言而有信”“金口玉言”“言必信，行必果”“精诚所至，金石为开”“一言既出，驷马难追”“人而无信，不知其可”。可见诚信在人们心目中是多么崇高！

讲究诚信与否，效果截然不同。不妨拿古代“立木为信”与“烽火戏诸侯”两个故事作对比：

战国的时候，战争频繁，阴谋横行，人心涣散，律令不行。商鞅在秦孝公的支持下变法图强。为了树立政府的权威，商鞅在秦国的都城咸阳最繁茂的南门口，树立了一根三丈高的木头，并当众许诺说：“把这根木头移到北门，赏赐十两银子。”所有的人都感到很奇怪，许久都没有人愿意移动那根木头。于是，商鞅又下令说：“把这根木头移到北门，赏赐五十两银子。”重赏之下必有勇夫，终于有一个人站出来，将木头移到了北门。商鞅真的给了他五十两银子。顿时，这一“南门立木”事件轰动了全国，商鞅在百姓的心中树立起了威信。接下来，商鞅推出了他的变法，百姓很快就相信并遵循了。商鞅变法使秦国走向强盛，为秦始皇统一六国奠定了基础。

在同一个地方，时间往前推400多年，同样发生过一个关于诚信的故事。当时，已经是西周末期，周王室衰弱，诸侯强盛，外族虎视眈眈。但是，西周的末代君王周幽王却还沉醉在美女褒姒的温柔乡里，不理朝政。为了博得美人一笑，周幽王还下令在当时的都城镐京的烽火台上燃起了熊熊大火。点燃烽火是国家大事，预示着敌人的攻城。所有的诸侯都调兵遣将，日夜兼程，匆匆地赶来了。但是，到了镐京，他们发现这是个骗局。所有的一切都只是为了博得美人褒姒的一笑。诸侯们面面相觑，又气又怒又没有办法。如是几次，诸侯们再也不相信周幽王了。几年后，外族入侵，周幽王最后一次点燃了烽火，但是这一次没有一个诸侯来到。结果，犬戎攻破了城池，城里的百姓遭到屠戮，周幽王被迫自杀，褒姒也死了。这就是历史上著名的“烽火戏诸侯”的故事。烽火戏诸侯，君王失信，国家败亡；城门立柱，取信于民，变法成功，灭六国，成霸业。可见，诚信不仅仅关乎道德，更对国家存亡有着至关重要的影响。

现今的企业界，“诚信”一词的使用率很高，我们常会读到这样的句子：“诚信是做人之根本，立业之基。”“诚信是你价格不菲的鞋子，踏遍千山万水，质量也应永恒不变。”“诚信创造财富。”“没有诚信，何来尊严？”“给心灵一片净土，给诚信一片天地，人生的道路让我们与诚信同行。”

聪明人一般不太会抱诚守信，觉得那是老实人的做法，但生活中有句话叫“傻人有傻福”。在此，以一个老实士兵的故事作为本文之殿：

从前，有一个士兵，他跑步很慢，每次集训跑步的时候，都远远地落在后面。在一次越野集训中，他又远远地落在了最后。他来到一条岔路口，面前有一条平坦的大道，标明是军官专用，另外一条泥泞的小径，标着士兵专用。他停顿了一下，朝着士兵专用的小径跑去，虽然心里也对军官跑大路士兵跑小路很不满，但是他仍然遵守了诚信，没有跑军官专用的大路。没想到那条路很短，很快他就到达了目的地。在场的军官，宣布他是第一个到达终点的。他难以置信，明明他跑在最后，却第一个到达了终点。几个小时后，大部队终于来了，他们得知居然是他得了第一，都非常奇怪。这时，一个军官提醒大家：还记得插着标牌的岔路口吗？所有人顿时醒悟。

人生中有多少个岔路口，我们在进行抉择时，到底有没有朝着诚信的那条路前进呢？

信任

信任，应该成为像爱情一样的永恒话题，但为什么如今沦落到如此地步？人性善良的东西居然变成一种让人觉得有所图谋的野心，实在是悲哀！

“不要和陌生人说话”“不要和陌生人跳舞”“不准吃陌生人送的食物”，这些话常常会在我们心里浮现或在耳边听到。这个世界充满了不信任感，人与人之间处处戒备着、敌对着，人的神经像上紧发条的闹钟，不能松懈下来。当一个陌生人朝自己微笑或献出爱心时，我们便会想：这人有什么企图？他想干什么？他是不是想通过我达到什么目的？

信任，应该成为像爱情一样的永恒话题，但为什么如今沦落到如此地步？人性善良的东西居然变成一种让人觉得有所图谋的野心，实

信任是一束阳光，照在彼此的生命中。

花开的感觉就像睡眠，就像呼吸，是非常自然的一种状态。

在是悲哀！

在人性中，信任应该是一杯浓浓的酒，是人们品尝不倦的佳酿。到底是什么让人们对信任产生了如此不相信的感觉？是由于人们太过脆弱，还是由于周围的陷阱太多，让信任越走越远，以至于人们呼唤信任时，信任都很难出现？

有一家公司本来业绩非常好，可后来慢慢地走下坡路了。新来的董事长调查后得知，主要原因是公司的上上下下充满敌意，缺乏信任。董事长立即请来一位培训界的导师，请他出对策，重整局面。这位导师预先调查了一下公司里哪些领导之间、哪些领导与哪些员工之间平时是敌对的，哪些员工之间又有矛盾，并做了详细记录。掌握了第一手资料后，导师决定对公司进行一次培训。培训那天，导师把公司的所有领导与员工召集起来，白天上课，没有什么特别的环节，只是讲了一些做人的道理。晚上有一个环节很重要：走一条风雨人生路！导师把平时矛盾最深、敌意最强的一对人放在一起，结为同党。正巧那天晚上风雨如晦，令人不安。导师让每一对人的其中一人戴上眼罩，把眼睛蒙得紧紧的，然后由另一个人牵着他走入黑夜之中。规定走到一半路程时，要换过来，换另一个人戴眼罩，由原先戴眼罩的人牵着对方的手走完后半段路程。

就这样，他们一对对地出发了，那个戴眼罩的人哪怕平时最恨身边这个牵着他的手的人，这时也只能任由他牵着。那条路是一条山路，沟沟坎坎的，刮风下雨很难走。如果没有旁边的同事牵着他引导着他，根本没法上山。每次碰到沟渠，身边的人会背着他走。上坡下坡都会搀着他走，遇有荆棘刺丛，身边的同事总会替他扫除障碍，让他顺利走过去。泥泞在他们的脚下唱起歌，他们的身上都是汗水、雨水，据他们后来的分享说，还有泪水——感动的泪水！走在那样的一条风雨人生路上，任何的敌人都会消失掉！他们互相搀扶着，互相关照着，互相为对方清除着障碍，经过千辛万苦，他们回到了出发的地点。

等全部的人回到培训班的时候，教室里响起了一片哭声。很多人抱着原先矛盾非常深的同事哭，请求对方的原谅。在分享的时候，大家都是哭着说话的，如果没有对方对自己的搀扶，仅凭个人的力量是没有办法走完这条风雨人生路的，只有把自己彻底信任地交给对方，才有可能完成这个任务，否则是不可想象的。经过这次培训，公司上下洋溢着和谐的氛围，同事之间互相帮助，互相关心，公司的业绩自然提升了，大家得到的利益自然也就比以前更多了。

信任产生了，友谊也就有了。梭罗说："伟大的信任产生在伟大的友谊之上，友谊是信任的基础。"关于信任，在意大利流行着一则非常有名的故事：

从前，在意大利有一个叫皮斯阿司的年轻人。他触犯了当时的法律，被判了死刑，将在某个指定的日子里被绞死。皮斯阿司是一个很孝顺的孩子，希望能够在被绞死之前，见上母亲一面。他的母亲住在很远的地方，来回需要很久。他请求国王让他见见母亲，国王被他的孝心感动，同意了。但是，国王提出一个条件：在他去看望母亲期间，必须有人替他坐牢。谁会替他坐牢呢？万一他逃跑了，这不就变成送死吗？所有的人议论纷纷，没有人愿意替他坐牢。这时他的朋友达蒙挺身而出，自愿替他坐牢。

一天天过去了，皮斯阿司始终没有回来，人们纷纷为达蒙感到惋惜，觉得他交错了朋友，可是达蒙始终信任他的朋友皮斯阿司，没有任何抱怨。行刑的日子到了，那是一个雨天，达蒙被带往刑场，即将被绞死。围观的人议论纷纷，有的人指责皮斯阿司，为了求生，出卖朋友；有的人嘲笑达蒙，明知道是陷阱，还往里跳；有的人为达蒙叫屈，多好的一个人就这样没了……而达蒙仿佛没有听到这些议论，面无惧色，镇定地走上了绞刑架。

绞索套上了达蒙的脖子，刽子手已经做好了准备。“我回来了，我回来了。”在这千钧一发之际，从远处传来了皮斯阿司的声音。皮斯阿司在大雨中飞快地狂奔着，跑向了法场。现场所有的人都被感动了，自动为皮斯阿司让出了一条路。国王也听到了这个消息，非常感动，亲自到法场去看皮斯阿司。当他在法场看到皮斯阿司紧紧地抱住达蒙，声泪俱下地哭着，用哽咽的声音表示着他的歉意和谢意的时候，国王瞬间被感动了，法外开恩，赦免了他的罪行。

人世间有这样一份信任真好！就像那句话一样："共度患难寂寞里，紧握你手！"

信任如酒——浓郁的烈酒。如果能够醉在其中，那有多幸福！信任是一种完全的托付，一种完全的交心，把自己交到对方的手上，没有任何担心，相信对方会把自己牵到最安全的地方。信任是一束阳光，照在彼此的生命中，永远不会消亡。

选择

为什么有人成功了，而有人失败了？其中最重要的原因就是选择的对与错！

选择不是判断。前者似乎比后者更难一些。判断决定是与非，而选择会面临许多条道路，并不是随意判断一下。

在人生当中，选择非常重要，往往一次选择就是人生的一个新起点。选择要有智慧，绝不能简单、随意地下定论。否则，人生会朝相反的方向而去。既然选择如此重要，所以面对选择的时候，要慎之又慎。

分享一个关于选择的故事：

有三个人犯了罪，要被关进监狱三年。监狱长对他们说：“我可以满足你们每人一个要求。”美国人想了想，要了整整一箱雪茄，要在这三年的时间里抽烟打发时间；法国人想了想，提出要一个美丽的女子为伴；而犹太人没有丝毫的犹豫，坚定地要了一部与外界沟通的电话。

三年后，美国人第一个冲了出去，他的嘴里、鼻子里塞满了雪茄，大叫道：“我要火，我要火。”原来他只要了雪茄，而忘了要打火机。接着法国人出来了，他的怀里抱着一个孩子，手上牵着一个孩子，他身边的美女还挺着大肚子。最后，那个犹太人出来了，他紧紧握住监狱长的手，对监狱长说：“非常感谢您，因为您给我的这部电话，我的生意没有停顿，反而扩大了，为了表示感谢，我要送您一辆最豪华的轿车。”

这明显是一个虚构的故事，但它告诉我们，什么样的选择决定什么样的生活。现在的生活是三年前自己做出的选择，无论过得好与坏，都怨不得别人，因为做出决定的是自己！

为什么有人成功了，而有人失败了？其中最重要的原因就是选择的对与错！选择对了，也就是说人生的定位定好了，那么，一直走下去，成功的概率非常大；反之，则可能会招致失败的结果。

世界著名的男高音歌唱家鲁契亚诺·帕瓦罗蒂，之所以能够成功就是源于他的选择。

帕瓦罗蒂的父亲是一个面包师，但是他非常喜欢歌剧，经常在家里播放各种歌剧的片段。日复一日，年复一年，在耳濡目染下，帕瓦罗蒂也喜欢上了歌剧，而且非常有演唱的才华，经常在学校、家里和朋友的聚会上表演歌剧。

他在一所师范学校就读时，一位专业歌手发现了他的才华，收他为徒，悉心教导他。在他快毕业的时候，他问他的父亲："我非常喜欢唱歌，也非常喜欢教书育人，我应该怎么选择呢？"他的父亲久久没有说话，过了一会儿，对儿子说："孩子，如果你想同时坐两把椅子，你只会掉到椅子中间的地上。你的人生道路，你自己选择吧。"当时，他选择了做老师，教书育人，但是却没有成功；转而，他选择了唱歌，坚持不懈，付出了许多努力，成为世界上最好的男高音演唱家之一。

后来，当一位记者询问帕瓦罗蒂的秘诀时，他说："我的成功在于我在不断地选择中选对了方向。"

选择，容易说，不容易做。前面说过，选择不是判断，不能选择一个"是"或"非"就可以了，而是会面临两难或多难之境地。

选择来临的时候，当怎么选择都有困难的时候，我们要在这众多的困难当中，择其轻者而定之。也就是说，要把损失减少到最低限度。

在我们企业界的朋友当中，这样的选择应该不会少。这个单子要不要定？这个合约要不要签？那个人可不可以合作？太多的事情等着我们去选择。人生就由这些对对错错的选择组成，于是，欢笑悲忧人人各异。

❀ ❀ ❀

其实，人的一生中，小到吃喝住行，大到事业婚姻，无不在选择。我们没有未卜先知的能力，只能凭以往的一些经验估摸着做出决定，摸着石头过河，风险之大自不待言！

有一则故事：

有一个年轻人，他住在一幢大楼的第 80 层。有一天，他旅行回来，发现电梯坏了，他看了看物业的通知，得知电梯要到第二天早上才能修好。他很无奈，但是没有办法。他犹豫了一下，最终决定自己爬到第 80 层。刚开始的时候，他精力充沛，爬得很快。快到第 20 层的时候，他开始感到劳累。到了第 26 层，他觉得很累，决定把行李放在那一层，然后轻装上路。第二天电梯修好了，再回来取行李。抛下行李后，年轻人感觉好多了，他就继续爬楼，到了第 40 层，他感到非常地累。这时候，他开始抱怨，抱怨他怎么那么倒霉，偏偏旅行回来电梯就坏了，抱怨为什么他住在第 80 层而不是第 1 层，抱怨电梯公司制造的什么劣质产品，抱怨物业公司的维修人员效率太低……他一边抱怨，一边爬楼。在抱怨声中，他感到更累了。到了第 60 层，他甚至连抱怨的力气也没有了。他继续爬呀爬，终于到了第 80 层。在家门口，他习惯地伸手去包里拿钥匙，可是掏了个空。他忽然想到：钥匙包还在第 26 层的行李包中呢！

我们往往在 20 岁时满怀着梦想，总觉得人生的舞台是专门为自己搭建的，浑身充满了斗志。等出了校门，走上了社会，慢慢地就会感觉到来自社会、家庭以及方方面面的压力。压迫得好沉好沉，于是，我们就放下了当初的梦想开始上路。轻松是轻松了，但到了 40 岁时，发现自己一事无成，于是开始抱怨，抱怨除了自己是对的，其他的人、事、物都错了！一直抱怨到 60 岁，连自己都觉得再抱怨下去没劲了，也就不再抱怨，但活得好没意思。直到 80 岁时，才突然醒悟：原来，自己的梦想在 20 岁时就放下了。放得太早了，以至于后来的生活没有了一丝色彩！

选择不但要有智慧，选择也是一种艺术！但任何的选择都别忘了带上自己正确的人生观，带着自己的梦想……

示弱

学会示弱，并不是要一个人用软弱的态度去面对生活，而是要改变一贯的强者姿态，柔软自己的心灵与大脑，试着去接受别人的关爱与帮助。

“示弱”这个词的使用率并不高，平时很少有人会想到它，更别说做到了。

表面上看，示弱，表示自己比对方软弱，不敢较量，必须放低位置，在对方面前谦卑服软。

其实不然，示弱其实是一种人生姿态。古之圣贤深谙示弱之道。“求贤若渴”就是一种示弱，其实，求贤者往往都是大智大慧之人，他们往往会放低自己的身份与尊严，去招揽人才贤士。刘备纡尊降贵，三顾茅庐，恭请诸葛亮出山，使得天下三分有其一。韩信不仅能示弱，更能忍胯下之辱，才得以叱咤风云，成为一代名将。

示弱是一种胸怀，也是一种美德。大海之所以成为大海，是因为有宽广的胸襟，它善于站在最低处，所以能纳百川。人也是如此，有时降低自己的“高度”，反而会收到意想不到的效果。沈从文的小说写得很好，在中国文坛声望很高，可他的授课技巧却差强人意。沈从文很有自知之明，上课时开头常常会说：“我讲课也许不是很精彩，你们昏昏欲睡，我不会反对，但是请你们在睡觉的时候不要打呼噜，免得影响别人。”他这么自嘲及“示弱”地一说，反而赢得同学们的喝彩及尊重。

学会示弱，并不是要一个人用软弱的态度去面对生活，而是要改变一贯的强者姿态，柔软自己的心灵与大脑，试着去接受别人的关爱与帮助。我们平时做人，总是强调：高昂起不屈的头颅，坚挺起不屈的脊梁。殊不知可贵的品德恰恰是谦卑地低下自己的头颅，去恭敬一切人。

示弱不是懦弱，而是一种智慧，一种韬略，一种涵养。

女人示弱更是一种功夫！现在，越来越多的女人强大起来了。丈夫在她们心目中失去了地位，为什么会失去地位？是因为她们不懂得示弱，什么事都自己去操心，什么事都不想跟丈夫商量着办，什么事都不用丈夫帮忙，久而久之，丈夫就变得没事可干了。他们的能力渐渐在女人成长的过程中丧失了。原本女人是一株藤，结果，不知不觉中长成了一棵树。而原先是一棵树的丈夫，却不知不觉中变成一株藤！阴阳颠倒了，乾坤错位了，于是，家庭关系失和了。

女人示弱其实是很容易的，无非是保持住自己的天性就好，譬如温柔、细腻、脆弱、顺从、母性，等等。女人得不到爱，很大程度上是因为自己把这些美德丢掉了。

有些动物就比我们人聪明。澳洲的海滩上有一种螃蟹，身上覆盖着坚硬的蓝色夹克，被称为蓝甲蟹。蓝甲蟹有两种，一种是凶猛异常的甲种蓝甲蟹，它们勇猛好战，不知道躲避危险，无论是天敌、同类，还是盟友，它们从不避让，跟谁都开战；另外一种是温和团结的乙种蓝甲蟹，它们的性格和甲种蓝甲蟹恰恰相反，当遇到敌人的时候，它们立马四脚朝天，一味地装死。日月轮转，沧海桑田，几百几千年过去了，甲种蓝甲蟹成了濒危动物，而乙种蓝甲蟹则越来越多。为什么呢？动物学家经过研究发现：甲种蓝甲蟹因为一味地好斗，不是被天敌杀死，就是在同类相残中死亡。而乙种蓝甲蟹，则因为善于示弱装死而得以繁衍。

示弱不仅可以用在生活上、工作上、家庭里，甚至还能用到战争上。

《史记·孙子吴起列传》记载：“使齐军入魏地为十万灶，明日为五万灶，又明日为三万灶。庞涓行三日，大喜，曰：‘吾固知齐军怯，入吾地三日，士卒亡者过半矣。’”当年战国著名的军事家孙膑为了迷惑魏国军队，从而战胜他们，采用了诱敌深入的“减灶”策略。当时，士兵的数量与做饭的灶具的数量是相对应的。开始的时候，齐军有可供十万人吃饭的灶，每天递减。到了最后，只有可供三万人吃饭的数目的灶，魏国主帅庞涓看了齐军灶具的数量骤减，大喜，说：“我本来就知道齐军胆小，结果他们进入我国境内才这么几天，士兵就逃走了一半。”于是，他贸然出击，结果被齐军引入险地，导致惨败。

世事洞明皆学问，人情练达即文章。不要处处以强者自居，要适时表现自己的弱势。学会示弱，给自己一个调整休息的时间，也给别人一个展现自我的机会，于人于己，利大于弊。学会示弱，当别人帮助你时，你会感受到人间的温暖与关怀。

示弱，其实是在爱着对方，爱着生活，爱着这个世间，更是爱着生命！

突破

突破往往会出现在困难解决前的一小步，可许多人不知道前方还有多少距离，就在突破前一刻放弃了，所有的努力付之云烟。

常人以为突破就是打破或超过，其实真正的突破是指即将崩溃的事情、形势或局面实现跨越性的进步。

事情没到崩溃的边缘，一般很难出现突破的契机。但陷入崩溃的境地往往十分危险，因为人或事一旦到了崩溃的边缘，长时间积累下来的问题，已经形成一种相当顽固的力量，当我们以有限的能量进入的时候，根本起不了作用。唯有用心灵的力量才能穿透那个混乱的谜团，帮助我们在平衡与觉知中通过黑夜。黎明并没有离得很远，但是在你能够到达黎明之前，黑夜必须先被经历。在接近黎明的时候，那个黑夜会变得更暗。突破就是在这个更暗的点上超越！

我们不管做什么行业，在成功的道路上肯定会碰到这样那样的问题。有些问题稍作解决就过去了，可有些问题绕来绕去就是无法解决。这就是通常意义上说的“瓶颈”，也就是现在流行的说法：碰到了成长上限。到了这个点上，无法再前进了，也就是无法创新了，再也想不出任何新的方法。

一个著名的动物学家曾做过一项实验，他将一整群的蚂蚁放在一个圆形的盆子的周围，让它们头尾相接，绕着圆盆形成一个圆形的队伍。接着，这群蚂蚁开始绕着圆盆前进了，它们一只紧紧跟着另外一只，绕着圆盆不厌其烦地行进着，一圈，一圈，又一圈。那个动物学家在蚂蚁队伍的旁边放了一些食物。如果这些蚂蚁想得到食物，就必须离开原来的行进方向，不再围着圆盆绕圈子。动物学家预料，蚂蚁很快会因为饥饿和缺水选择离开原来行进的方向，分散开去，各自寻找食物，但是这群蚂蚁却没有这样做，依然一只紧紧跟着另一只，不断地绕着圆盆爬啊，爬啊。这样一直持续了几天几夜，直到所有的蚂蚁都累死了，渴死了，它们还是保持着绕着圆盆行进的姿态。

这个实验不仅仅是一个动物实验，其中蕴含着深刻的哲理。碰到问题，按照老方法解决来解决去还是在原地打转，这个时候，必须得来一个突破！就是说，改变原有的思维，否则，一直在老路上走下去，会败得更惨。

不管是在生活中还是创业中，碰到问题是正常的，人生必须渡过逆流才能走向更高的层次，关键是要寻找契机突破。我们不妨学一学驴的哲学：

从前，有一头驴不小心掉进了一口枯井。它在里面不停地号叫，引来了它的主人——一个老农夫。这个老农夫想了很多办法，要把这头驴从枯井中弄出来，但是，都没有起到效果。最后，老农夫实在没有办法了，想想这头驴子年纪也大了，扛不动重东西了，体力也不行，价值已经不大了，决定任其自生自灭，再买一头年轻力壮的驴。但是这口枯井得填起来，如果再有其他的牲畜或者小孩掉下去就不好了。于是农夫请求左邻右舍一同填井。所有人不断地用铲子将泥土铲进井中。起初，这头驴子不停地号叫，过了一会儿，它就安静了下来。农夫往下一看，顿时吃了一惊：当人们把土铲进井中的时候，驴子把自己身上的土抖落了，然后站到泥土的上面，如是重复。很快，这头驴就安全地到达了地面。

瞧瞧这头驴多有智慧！有时候，我们在它面前都会感到惭愧。曾经多少次，我们陷身于“枯井”中？曾经多少次，我们身上被倾倒着各种各样的“泥沙”？我们不曾想到，要把身上的“泥沙”抖落掉，再站在泥沙上把自己救出“枯井”。在问题面前，人的智慧之光会暗下去，因为人们的心太乱了，在一团乱麻中，如何找得到问题的出口呢？所以，无论碰到什么样的困难，都要静下来，再静下来。只有沉淀下来，水才会清；心也一样，只有静下来，才会理出思路。

突破往往会出现在困难解决前的一小步，可许多人不知道前方还有多少距离，就在突破前一刻放弃了，所有的努力付之云烟。《再撑一百步》中说：在美国的华盛顿山上，有一块岩石上刻了一个碑，碑文显示那是一个女登山者死亡的地方，距离能够提供庇护的登山小屋仅一百步。这个石碑告诉后来的登山者：只要再多坚持一会儿，就能看见胜利的曙光。这个故事告诉我们，胜利者往往是能比别人多撑一分钟的人。即使精力已耗尽，人们仍然有一点点能量残留着，能善用那一点点能量的人就是最后的成功者。

突破，总是在最为黑暗的时刻。突破之后，黎明就会到来，那时候，一切都是那么清新，那么美好！突破，痛苦转为幸福；突破，黑暗转为光明；突破，烦恼转为菩提。

卷二

空谷回音

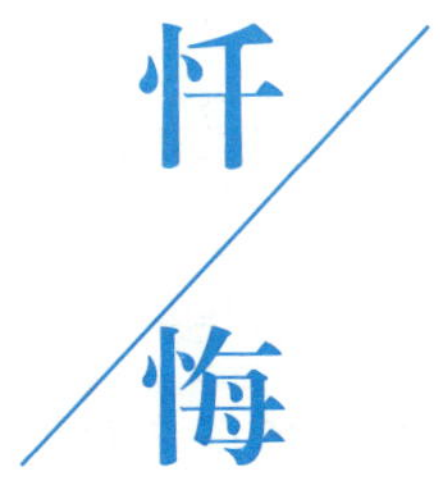

忏悔

忏悔，不单单是认错的行为，而是从内心对生命的珍爱和觉醒，从而努力停止以前所犯的错误。忏悔是一种美德……

粗粗一看，“忏悔”这个词好像是个贬义词，大概是做错了什么事才要去忏悔，否则，大可不必做这样的事！《新华词典》对忏悔的解释也是这样的：①人们认识了自己过去的错误或过失，表示痛心和悔改；②宗教徒对自己的罪过表示痛心和悔改，以求上帝赦免的一种赎罪方式。

唐玄宗在安史之乱中曾出于无奈做过忏悔，承认自己用错了人。他用错的不是一个人，而是一批人；不是一般的人，而是位高权重、掌握国家命脉的人。他用错的权位最高的三人，就是宰相李林甫、杨国忠和将领安禄山。三人中，若宠信其中任何一人，于国于民都有大害，何况同时宠幸了三个人！等到他成了流亡之君，才知“悔之晚矣”。玄宗见将士们跟随自己仓皇出逃，心有怨言，对将士们说了这样一番话：“朕近来年老糊涂，‘托任失人’，导致安禄山叛乱，不得已要远避其锋。知道你们都是仓促跟随朕上路，来不及跟父母、妻儿告别，一路跋涉，极其劳苦，朕惭愧之至。西去四川的路险阻、漫长，所经郡县房屋狭小，而人马众多，供给不免会发生问题。现在你们可以各自还家……”将士们被感动了，表示跟着他不走了。有时候，在面临崩溃的局面时，若能来一番真诚的忏悔，也许会有一丝转机。

忏悔，不单单是认错的行为，而是从内心对生命的珍爱和觉醒，从而努力停止以前所犯的错误。忏悔是一种美德，忏悔意味着自己能够将心比心，深深感悟到由于自己的过错而给他人带来的伤害；忏悔体现了一种责任心，是自己对自己的行为负责；忏悔是一种勇气，表明自己能够直面过错，而不是胆怯地予以回避；忏悔是一种尊严，忏悔意味着不愿背着心理负担而偷生；忏悔是一种独立的反思能力，意味着能够对自己的所作所为进行理性的分析。

关爱生命的忏悔更是可贵的品质，也是生命重建的希望。文学大师巴金在中国文坛可以说是德高望重。可是他却在自己人生最后的近30年，做了一件重要的事——忏悔。这个举动让人惊讶，他是那么无欲无求，默默地奉献着自己的精神食粮，为这个世界创造了美！这样的一个人难道还要忏悔吗？

是的，他在《随想录》里写道：“我下了决心：不再说假话！然后，又是：要多说真话！开始我还是在保护自己。为了净化心灵，不让内部留下肮脏的东西，我不得不挖掉心上的垃圾，不使它们污染空气。我没有想到就这样我的笔会变成了扫帚，会变成了弓箭，会变成了解剖刀。要消除垃圾，净化空气……在我的身上，也在别人身上……那么就挖吧！”巴老的忏悔不是一般意义上的忏悔，他的忏悔不仅仅代表个人，而是代表整个时代的苦难！他希望能给后人留下一个干干净净的人文空间。他并不满足于个人的解脱，而是从世俗的名利里跳脱出来，以笔为武器，净化人文环境。他从心灵上解救了无数的知识分子，为中国人的价值观和视野开启了一扇最有意义的窗。巴老的忏悔丝毫没有影响他的声誉，相反，更显大师魅力！

忏悔，多么可贵！多么美好！忏悔过后的心灵多么纯净！我去寺院请教法师，忏悔到底有什么功用？法师说：“第一，忏悔是认识罪业的良心；第二，忏悔是去恶向善的方法；第三，忏悔是净化身心的力量。”《菜根谭》里说：“盖世功德，抵不了一个矜字；弥天罪过，当不了一个悔字。”犯了错而知道忏悔，再重的罪业也能消除。

时时警觉，不要等走到人生的尽头再来忏悔。

没有忏悔意识的人是可怕的，是麻木不仁的，只有觉悟的人才会想到真诚忏悔，重建新的生命品质。

倾听

我们遗忘了倾听，于是我们失聪了好久好久！如果这一刻我们醒悟了，赶紧竖起耳朵，打开心门去倾听吧！

《现代汉语词典》解释“倾听”的意思是：用心聆听。古人智慧，造字都很讲究，“听”的繁体字是“聽”，从耳德，指用耳朵感受声音，即耳有所得。“聽”字的左边是两个耳朵，右边上方是个叉，代表双，叉的下面是横过来的目，合起来就是“双目”，右边下方是“一心”，“聽”字整体的意思就是：用双目双耳一心一意地听。

听是多么重要！但我们在平时的生活与工作中往往很不善于听，只擅长说。有人说，我一直在听人家说话，没有插嘴呀。是的，没有插嘴，没有开口说话，但却没有用心在听，而是在想着自己的下一句话该说什么！

倾听是一种习惯，是对人的一种礼貌，更是一门艺术。善于倾听的人，必然会用心。善于倾听者，良朋益友多；反之，则少。这不是一个偶然的现象，而是一种必然。因为在生活中，人们在说话的时候，绝对不会找一个不用心倾听的人。倾听者在倾听时，用心感受对方的一切；倾听后，守口如瓶，不会把对方的话说出去。所以，做一个倾听者不是一件容易的事情。

人在一生中最初拥有的感官就是听觉。一个孕妇某天偶尔打开收音机，感觉自己腹中的胎儿踢了自己一脚。第二天又是这样，第三天还是这样。原来胎儿可以通过羊水的波纹倾听外面发生的一切。那么，人生最后失去的感官是什么呢？也是听觉。一个老人正在弥留之际，但他的儿子迟迟不能赶到医院。医生不禁为老人坚强的生存意念而感动。后来，老人的儿子终于赶到了医院，看见自己的父亲孤零零地躺在床上，脖子上插的管子中血液依然在涌动。儿子附在老人耳边，轻轻地说了一声“Goodbye”。管子里的血液立刻停止了流动，老人安然离去。

一般人在听别人讲话时，大多数话都是从一只耳朵进又从另一只耳朵出去了，或者是从耳朵进去，从嘴巴里出来，记到心里的很少很少。

有一则古代故事：

有一个国王，想考考他的大臣，就让人打造了三个一模一样的小金人，让大臣分辨哪个最有价值。最后，一位老臣用一根稻草试出了三个小金人的价值，他把稻草依次插入三个小金人的耳朵，第一个小金人稻草从另一边耳朵里出来，第二个小金人稻草从嘴里出来，只有第三个小金人，稻草放进耳朵后，什么响动也没有，于是老臣认定第三个小金人最有价值。

一模一样的小金人，价值却不一样，区别在哪里？就在于倾听！第一个小金人在听别人讲话时，是一只耳朵进一只耳朵出的情形；第二个小金人听别人讲话时，从耳朵进又从嘴巴出去了；只有第三个小金人，从耳朵听进去，话就到了它的内心，不会再出来了。

“倾听”一词听起来似乎是很小的一件事情，无非是坐在那里听对方说说话。其实不是这样的，倾听有时候可以拯救生命。

有一位青年因恋爱失败想自杀，但在自杀前想到了一位好朋友，想跟他说说心里的痛苦，顺便跟他告个别，然后再去死。在一个冬日的早晨，他到了朋友的家里，朋友看他心情不好，就拒绝了一切应酬，把他请到火炉旁边，为他沏上茶，关心地坐在他的身边，用心听他说话。外面大雪纷飞，屋内就他俩，朋友一直不插话，默默地专注地倾听。青年整整说了一天，朋友也整整听了一天。青年说完话回到家里，感觉从未有过地轻松，自杀的念头早跑了。多年以后，他回忆起那个冬日，心里充满了温暖与幸福的感觉。

日本的经营之神松下幸之助在成功之后，别人问他有什么秘诀？他只有简单的一句话："首先要细心倾听他人的意见。"这句话听起来似乎语不惊人，其实是经营者的成功宝典！如果不善于倾听别人尤其是顾客的话，一桩生意可能就会泡汤。

美国的乔·吉拉德被誉为当今世界最伟大的推销员，回忆往事时，他常念叨一则令其终身难忘的故事：

在一次推销中，乔·吉拉德与客户洽谈顺利，就在快要签约成交时，对方却突然变了卦——快进笼子的鸟飞走了。当天晚上，按照顾客留下的地址，乔·吉拉德找上门去求教。客户见他满脸真诚，就实话实说："你的失败是由于你没有自始至终听我讲话。就在我准备签约前，我提到我的独生子即将上大学，而且还提到他的运动成绩和他将来的抱负。我是以他为荣的，但是你当时却没有任何反应，而且还转过头去用手机和别人讲话，我一恼就改变主意了！"这番话提醒了乔·吉拉德，使他领悟到了倾听的重要性，让他认识到如果自己不能自始至终倾听对方讲话的内容，认同顾客的心理感受，难免会失去自己的顾客。从此以后，他以顾客为中心，建立了顾客的卡片档案，包括他们的孩子、嗜好、学历、职务、成就、旅行过的地方、年龄、文化背景及其他任

生活是一部厚厚的长卷，时刻需要心灵的关注，更需要用心灵去倾听。热爱生活，必须学会倾听。除了倾听人类的声音，还要学会倾听非人类的声音。譬如大自然的美妙之声：江河的奔腾、山岳的静默、小草的呐喊、飞鸟的欢歌、树叶的呢喃、泥土的叮咛。

何与他们有关的事情，这些都是有用的推销情报。他还有一句名言：“我相信推销活动真正的开始在成交之后，而不是之前。”

古希腊先哲苏格拉底说：“上天赐人以两耳两目，但只有一口，欲使其多闻多见而少言。”寥寥数语，道出了人与人之间交流的关键点。善不善于倾听，不仅体现了一个人的道德修养，还关系到能否与他人建立起一种正常和谐的人际关系。按理说，我们中国是礼仪之邦，倾听应该不会成为一件难事，但事实并非如此。有些人根本没耐心听别人解释完一件事情的前前后后，别人一说话，他就打断，插进去自己的长篇大论，以致于拥有两只耳朵却失去了倾听的功能！

倾听的“障碍”不是耳朵造成的，而是心造成的。人生的轨迹也会因此发生变化，本来可以倾听到别人指点的正确方向，但由于自己不懂倾听，就会一直走到错误的道路上而不自知。走到尽头才发现目标错误，想纠正已经来不及了，生命之源即将耗尽，那个时候想倾听别人的话，都没有人对他说了。

生活是一部厚厚的长卷，时刻需要心灵的关注，更需要用心灵去倾听。热爱生活，必须学会倾听。除了倾听人类的声音，还要学会倾听非人类的声音。譬如大自然的美妙之声：江河的奔腾、山岳的静默、小草的呐喊、飞鸟的欢歌、树叶的呢喃、泥土的叮咛。倾听春天的花朵在枝头尽情地争艳，倾听秋天的红叶飘零时的静美，倾听一颗种子播下去的快乐，倾听果实成熟时的满足，倾听冬日的雪花那份洁白的宣言，倾听夏天的蝉儿悠扬的鸣叫，倾听老树的身上抽出嫩芽的欢呼声，倾听临终的患者对生命真谛的表白，倾听失败者内心的痛苦，倾听成功者慷慨激昂的言词，倾听小巷里那个修鞋老人的生活哲理，倾听三岁孩童的无邪笑声……

更重要的是，要学会倾听自己的内心！倾听内心那一份久远的呼唤，那一份积存了多时的激动，倾听自己身上的血液在欢快地流动，细胞在快乐地对话，肌肉在互相拥抱；倾听自己的灵魂在对自己说："回来吧，游子，别走太远太远！"倾听真我对自己说："醒醒吧，孩子，别再沉睡在梦中。"

我们遗忘了倾听，于是我们失聪了好久好久！如果这一刻我们醒悟了，赶紧竖起耳朵，打开心门去倾听吧！

倾听者，有福了！

慎独

慎独是一种情操，是一种修养，是一种自律，更是一种坦荡。慎独者没有私心杂念，即便有金山银山在他面前，也不会动心；慎独者，心地清明无染，绝对不会做出损害他人的事情。

有些人好表现，在领导面前表现得特别卖力，在众人面前表现得特别出色，而独处的时候，却是另一番面貌。这样的人不在少数。所以要做到“慎独”二字，还是有难度的。

“慎独”这个词，现在不常提了，但在传统文化里，特别是在讲传统伦理道德时，使用率非常高。《中庸》记载：“莫见乎隐，莫显乎微，故君子慎其独也。”意思是说在个人独处的情况下，也要谨慎小心，自觉遵循法度和道德，不要因为别人不在场或不注意而不懂得规范自己。

这个“独”一般人理解为独处的时候，这也没错。“独”的确是别人看不见听不见的地方，但它不仅是指外在的空间，更重要的是指人的心灵，就是“诚其意”。意若不诚，光凭外表是没有用的。古人有“一日三省吾身”之说，指的就是“诚其意”。反省什么？不仅是自己的外在表现，还要观察一下自己的内心是如何想的，意念很重要。《大学》一书云：“欲修其身，先正其心；欲正其心，先诚其意！”慎独是在无人管束和监督的时候，依靠内在的道德信念和力量自觉遵守道德规范。它既是一种克己自律的方法，更是高尚道德的体现。

古人在这一方面相当克己，《后汉书·杨震传》有一段文字：

（杨震）迁荆州刺史，东莱太守。当之郡，道经昌邑，故所举荆州茂才王密为昌邑令，谒见，至夜怀金十斤以遗震。震曰：“故人知君，君不知故人，何也？”密曰：“暮夜无知者。”震曰：“天知，神知，我知，子知。何谓无知？”密愧而出。

解释成白话文就是：杨震升官至荆州刺史、东莱太守。他赴郡途中，经过昌邑，他从前举荐的荆州秀才王密担任昌邑县令，前来拜见他。到了夜里，王密怀揣十斤金子送给杨震。杨震说：“我对你是很了解的，而你却不了解我，这是为什么呢？”王密说：“夜里没有人知道。”

杨震说：“上天知道，神明知道，我知道，你知道。怎么说没有人知道呢？”王密拿着银子羞愧地出去了。

这个故事里有一个词很关键，即“暮夜”！从古至今，多少人在“暮夜”犯下了错与罪，总觉得在深夜神不知鬼不觉的，做任何坏事都没事儿！殊不知，举头三尺有神明！

要做到“慎独”，首先要顶得住诱惑。老子说得好：“见欲而止为德。”

明朝的时候，山东泰和县典吏曹鼎，抓获一名绝色女贼，因为天色已晚来不及押解回县衙，两人便夜宿途中一破庙。女贼欲逃法网制裁，便屡以色相勾引。曹鼎自感难以招架时便写下“曹鼎不可”四个大字以自警。过一会儿就重写一次，如此十数次，直到天明，终于“相安无事”。

清代的曾国藩，生前封侯拜相，满族荣华，死后却没有什么田产地契、金银珍宝，留给子孙后代的，是一楼满满的藏书、一纸著名的遗嘱。遗嘱一共有四条：慎独、主敬、求仁、习劳。第一条就是慎独，他说：“慎独则心安。自修之道，莫难于养心；养心之难，又在慎独。能慎独，则内省不疚，可以对天地质鬼神。人无一内愧之事，则天君泰然，此心常快足宽平，是人生第一自强之道，第一寻乐之方，守身之先务也。”

要做到“慎独”，若无信仰与德性是很难的。有信仰者，随时随地都能做到。

有一则真实的故事：

一位先生到泰国旅行，在货摊看见十分可爱的小纪念品，他选中了三个后就问价，女摊贩回答每个100泰铢。他还价60泰铢。说了半天，她就是不同意。最后她说：“我每卖出100泰铢，老板才能给我10泰铢报酬。若60泰铢卖了，我就什么也赚不到。”这位先生听了心生一计，说：“这样吧，你卖给我60泰铢一个，我额外给你20泰铢报酬，这样，比老板给你的还多，而我也少花些钱，我们双方都有好处。”他满以为她会立刻答应的，但她却摇摇头。他便补充上一句：“你的老板不会知道的，别担心。”她看着这位先生，坚决地摇摇头说：“老板不会知道，佛会知道。”

心中有佛的人，能够慎独，在任何利益面前都不为所动。一个有品德的人也一样，终生奉行“慎独”的信条。

慎独是一种情操，是一种修养，是一种自律，更是一种坦荡。慎独者没有私心杂念，即便有金山银山在他面前，也不会动心；慎独者，心地清明无染，绝对不会做出损害他人的事情。

慎独者，“瓜田不纳履，李下不整冠”；慎独者，常能在人生的细节之处，点燃智慧的火花！

慈悲

慈悲是一种聋子听得见，傻瓜也能了解的语言。这种语言是没有国籍、没有边界、没有障碍、没有框架的。对一片树叶慈悲，它都能感觉得到，这种感觉，水知道答案。

什么是爱？从本质上来说，爱是一种抽象概念，可以体验但难以用文字准确地表达出来。我们所说的爱，是人类发自内心的一种情感，通常指人与人之间的爱，也指对人对事对物的爱。

但丁说：“转动太阳和其他星球的是爱。”但世俗的爱包含了太多太多不稳定的因素。尤其是人与人之间的恋爱，“海誓山盟”“海枯石烂”可能只是一时的糊涂话，说的时候信誓旦旦，过后也就忘了。一般来说，父母对子女的爱总会显得无私一些，但其中也不乏自私。

在人世间，要找出一种绝对不自私的爱是很难的。有种种的附加条件的爱不是真爱。爱是一种希望帮助他人获得快乐的态度，慈悲是一种愿他人脱离痛苦的渴望。爱是一种有限的情感，而慈悲则是无限的。慈悲的人看见他人的苦痛，就会有一种责任感，希望给予帮助。慈悲分成三种，第一种是不由自主地希望他人脱离苦痛，不能忍受他人受苦，希望解除他人的苦难；第二种慈悲不只是希望他人离苦得乐，更是一种真正的责任感，一种解除他人苦难的承诺，用行动使他人脱离困境；第三种慈悲引发出为他人谋福利的责任感，把责任担负在自己的身上，这是最高层次的慈悲。

爱因斯坦对慈悲心有一段论述：“人是‘宇宙’整体的一部分，也是有限的时间和空间的一部分。他将自己的思想和感情，视为独立于整体之外——这是一种意识的错觉。这错觉是种监狱，把我们监禁在个人欲望和少数最亲近的人身上。我们的任务就是要拓展慈悲心，拥抱所有的生灵和整体自然的美，以挣脱这座监狱。”

慈悲是人世间最高尚的美德。古今中外那些建立丰功伟绩而为后人所称颂的人，无一不是慈悲的人。老子就是以慈悲作为护身法宝的，他在《道德经》里说：“我有三宝，持而保之。一曰慈，二曰俭，三曰不敢为天下先。夫慈故能勇；俭故能广；不敢为天下先，故能成器长。今舍慈且勇；舍俭且广；舍后且先；死矣！”也就是说，慈悲、节俭、不敢先于天下人享受，是他坚持的三个宝贵情操。对别人要慈悲仁厚；对自己要高标准，严要求；为人处世要低调，虚怀若谷。如果放弃慈悲，只凭勇猛；放弃节俭，奢侈无度；放弃谦让而抢先享受，就会虽生犹死！

慈悲者，不愿意他人受苦，宁愿自己受苦。有一则故事：

古时候，有一仙人在深山修道，时常静坐在一棵大树下，摒除杂念，修习禅定。某年冬天的一个黄昏，天气非常寒冷，有一只饥寒小鸟飞来，栖息在仙人的怀中，希望从他身上获得一些温暖，以便延续它的生命。仙人唯恐惊动鸟儿，因此盘膝打坐，身体不敢摇动，让鸟儿无忧无惧安处怀中，等到翌日小鸟飞往别处栖止，他才出定。

仙人的慈悲，范围扩大了，不仅爱人，还爱动物，而且居然爱到了如此的地步！

慈悲是一种智慧。愿代他人受苦，以此作为教化人的手段，这种智慧非常了不得！

日本的白隐禅师是一位德高望重的禅师，受到附近乡民的喜爱。当地食品店老板家有一个漂亮的女儿。一天，老板夫妇发现女儿怀孕了，逼问孩子是谁的。起初她不肯说，但经不起父母追问，吞吞吐吐说孩子是白隐禅师的。老板夫妇怒不可遏地去找白隐禅师理论，但他若无其事地说："是这样的吗？"孩子生下后被送至禅师所在的寺院。这件凡世俗事弄得白隐禅师名誉扫地，但他并不以为然，非常细心地照顾孩子——他向乡民们乞求婴儿所需要的奶水和用品，虽然不免横遭白眼和冷嘲热讽，依然泰然处之。一年后，年轻的未婚妈妈不忍心再欺瞒下去了，于是向父母坦白孩子的生父是在鱼市工作的一名青年。当这一家人向白隐禅师要回孩子，向他道歉，请他原谅时，白隐禅师淡然一笑，说："是这样的吗？"仿佛不曾发生过什么事。

白隐禅师泰然自若、淡然处世的情怀，不愧为一代禅师！"是这样的吗？"寥寥数语，蕴含了无限的慈悲。而这一份慈悲，又饱含着无尽的智慧！智者度人，不在言，而在行！

智者说：普天之下，没有我不爱的人；普天之下，没有我不信任的人；普天之下，没有我不原谅的人。慈悲到没有任何条件，诚如佛所说的"无缘大慈，同体大悲"之境界！

慈悲的人，在众生眼里，好像他在受辱，其实他在怜悯众生，他知道众生正在受苦，他要替众生拔除这份痛苦！释迦牟尼佛在历代历世中，慈悲到不惜牺牲自己的性命。他看到人也好，动物也好，谁在受苦，他都会去帮忙，直到献出性命。经书里就有释迦牟尼舍身饲虎的故事。

爱到极处是慈悲，慈悲心一流出来，就没有你我之分了，你的痛苦就是我的痛苦。所以，当他人发生灾难时，感同身受，自己就会挺身而出，甚至为他人牺牲生命！

现代社会中，能够做到如此慈悲的人寥寥无几，但如果做事情能够多为别人着想，就是向慈悲靠拢了。

下面这则故事很有慈悲意味：

一位著名企业家在做报告，底下听众问：“你在事业上取得了巨大的成功，请问，对你来说，最重要的是什么？”企业家没有直接回答，他拿起粉笔在黑板上画了一个圈，只是并没有画圆满，留下一个缺口。他反问道：“这是什么？”“零”“圈”“未完成的事业”“成功”……台下的听众七嘴八舌地答道。他对这些回答不置可否：“其实，这只是一个未画完整的句号。你们问我为什么会取得辉煌的业绩，道理很简单：我不会把事情做得很圆满，就像画个句号，一定要留个缺口，让我的下属去填满它。”

留个缺口给他人，并不是说明自己的能力不强。实际上，这是一种管理的智慧，是一种更高层次上的圆满。这种为他人着想的做法，其实也体现了一种慈悲，这种慈悲在现代社会尤其可贵。

如果不给猴子一棵树，它就无法在那儿攀登；如果不给老虎一座山，它就不能自由地纵横；如果不给人一个空间，他就无法施展自己的才华。这可能就是企业管理用人的最高境界了。

慈悲是一种聋子听得见，傻瓜也能了解的语言。这种语言是没有国籍、没有边界、没有障碍、没有框架的。对一片树叶慈悲，它都能感觉得到，这种感觉，水知道答案。我们人又怎么能不知道呢？

让我们慈悲，把爱升华到慈悲的境界，一切就会变得吉祥无比！

和谐

“和谐”笑着回答：“你们请了其他三位中的任何一位，就只来一位，你请了我就等于请了我们四个，我们是不可分的。和谐=财富+成功+平安。”

和谐，从字面上来看，和者，人人有饭吃；谐者，人人说好话。从字源上来看，和就是谐，谐就是和，两字都是指音乐的协调、合拍。后来，古人把音乐之“和谐”用于考察整个人类社会是否和谐的问题，从而有了社会和谐的思想与主张。

古人极其重视“和谐”二字。关于和谐的成语流传下来的就不少，如国泰民安、太平盛世、世外桃源、政通人和、和气致祥、安居乐业、承平盛世、民和年丰、地利人和、天下为公等。有关和谐的思想也很多。孔子说过“和为贵”；墨子提出了“兼相爱”“爱无差等”；孟子描绘了“老吾老以及人之老，幼吾幼以及人之幼”的社会状态；《礼记·礼运》中描绘了“大道之行也，天下为公，选贤与能，讲信修睦。故人不独亲其亲，不独子其子，使老有所终，壮有所用，幼有所长，矜、寡、孤、独、废、疾者皆有所养”这样一种理想社会；太平天国运动的领袖洪秀全提出要建立“务实天下共享”及“有田同耕，有饭同食，有衣同穿，有钱同使，无处不均匀，无人不保暖”的社会；康有为在《大同书》中提出要建立一个“人人相亲，人人平等，天下为公”的理想社会。这些思想虽然带有时代和阶级的烙印，却在一定程度上反映了广大群众对美好生活和和谐社会的向往！

近几年，我们一直在提倡“和谐”。也许是和谐的音符太少了，所以太需要提倡了。

人与人之间失去和谐了，人与自然失去和谐了，人与动物失去和谐了！

分享一则故事：

寒冷的冬天，一户人家的女主人准备打扫庭院，却发现四个老人蜷伏在自家柴堆旁，冻得瑟瑟发抖。出于善良的天性，女主人请四位老人进屋喝茶暖暖身子。四位老人犹豫了一下，说：“我们四人分别叫财富、成功、平安、和谐，你去问一下你家人，看他们愿意请谁进去。”女主人觉得奇怪，但老人坚持要这样做，只好回屋里问。男主人说“财富”最好，就请“财富”；儿子却说还是请“成功”吧。在出现分歧的情况下，女主人自己倒是有点想请“平安”，于是她也说了自己的想法。一旁的女儿说话了：“我看最好请‘和谐’。”如此商量一番，最后家人终于达成一致，决定请“和谐”老人。

女主人出门把他们的决定对四位老人说了，然后领着“和谐”往家里走，快进门时她回头一看，四位老人都跟来了，女主人问其中原因：“你们不是说好只来一人吗？”“和谐”笑着回答：“你们请了其他三位中的任何一位，就只来一位，你请了我就等于请了我们四个，我们是不可分的。和谐＝财富＋成功＋平安。”

和谐是一幅幸福的画面。家庭的和谐是什么？那首《新嫁娘词》可以做代表：“三日入厨下，洗手做羹汤。未知姑食性，先遣小姑尝。”人与自然的和谐是什么？古人的诗中比比皆是，如“绿阴不减来时路，添得黄鹂四五声”“路人借问遥招手，怕得鱼惊不应人”“西塞山前白鹭飞，桃花流水鳜鱼肥”“竹外桃花三两枝，春江水暖鸭先知”“几处早莺争暖树，谁家新燕啄春泥”“稻花香里说丰年，听取蛙声一片”等。社会与政治的和谐是什么？是民主法治、公平正义、诚信友爱、充满活力、安定有序、人与自然和谐相处。

和谐是天堂；反之即地狱。一将军问禅师真有天堂和地狱吗？禅师说凭你也配问这个问题？将军大怒，挥剑要砍禅师。禅师说这就是地狱。将军言下大悟，向禅师下跪请求原谅，禅师说这就是天堂。

真正的和谐源自于内心。佛说：心净则国土净。唯有内心和谐了，所到之处所在之时，没有不和谐的。

回音

空谷回音说穿了就是一种因果关系，这边喊，那边应，就是感应的因果关系。其实，这种关系在生活中比比皆是。一粒瓜子种在土地里，通过施肥、浇水、日晒、锄草等程序，就会长出果来。种子种在土里是“因”，长出果来是“果”，中间一系列的施肥、浇水、日晒、锄草等均为助缘。

儿时，当我第一次面对山谷发出声音，听到返回来同样的声音时，我惊呆了。我的声音怎么跑到山谷里去了？想不明白这到底是怎么一回事？好长一段时间，我沉浸在山谷回音的神奇事件中不能自拔。

成年之后，尽管我知道山谷回音是有原理的，但不懂是什么原理。直到接触牛顿的第三定律时，我才搞清楚这是作用力与反作用力的关系：在这个宇宙施予某一种作用力出去，也必有相等的作用力会回来。这是一个不变的定律。

那个时候，我只知道这是一个定律而已，并不明白它其实是一种因果关系，是一种铁定的规律与真理。

分享一则故事：

有个女孩，因父亲在她很小的时候抛妻弃女离家出走，一直心怀怨恨。她喜欢跑到山上去对着山谷喊：“我恨死你了，我恨死你了。”山谷回应她说：“我恨死你了，我恨死你了。”她觉得很解气，因为山谷跟她一样的心思。回到家，她把心里的痛快告诉了妈妈。妈妈说：“那你再去试一试，你对着山谷说‘我爱死你了，我爱死你了’，看看山谷会说什么？”她说：“山谷肯定会说‘我恨死你了，我恨死你了！’”母亲说不要武断，去试了再说。女孩不相信，又跑到山上去，对着山谷喊：“我爱死你了，我爱死你了！”结果山谷也回应说：“我爱死你了，我爱死你了！”

她又疑又痛，不敢相信山谷居然跟她不是一条心，连忙跑回去问妈妈。妈妈语重心长地说：“山谷是你的心灵，你的心灵怎样，它也怎样。”小女孩明白了，当一个人恨别人的时候，别人也恨她；而当一个人爱别人的时候，别人也爱她。从此以后，她原谅了父亲，并感恩父亲给了她生命。

空谷回音说穿了就是一种因果关系，这边喊，那边应，就是感应的因果关系。其实，这种关系在生活中比比皆是。一粒种子种在土地里，通过施肥、浇水、日晒、锄草等程序，就会长出果实来。种子种在土里是“因”，长出果来是“果”，中间一系列的施肥、浇水、日晒、锄草等均为助缘。

神总是以你走向他的方式走向你！犹如照镜子，你是什么表情，镜中的自己也是什么表情。你哭着照镜子，镜子里的自己绝不会是笑着的；你笑着照镜子，镜子里的自己也肯定不会哭着。如果我们快乐地给予别人，那么，自己一定也是快乐的；如果给予别人时是勉强的，那么，我们所得到的快乐也是不彻底的。

农人最懂得因果之理。他播种什么，就将收获什么；付出的越多，得到的越多。这个道理很简单，但真正相信的人并不多，相反，等着天上掉馅饼者多如牛毛。在股市里，大家都指望自己买的股票天天上涨，恨不得所有的钞票都往自己的口袋里钻，压根儿不会去想这些钱凭什么要往自己的口袋里钻？因在哪里？难道因就是自己所投进去的那一点点钱？这些小钱真的会变大钱？如果这些小钱真的会变大钱，那么，大家都不用去工作了，整天在股市大厅里等着大钱的到来好了。可是为什么会有这么多的人眼睁睁地看着自己的那点私房钱一天天地漏掉呢？等到快漏光了，还不去想一想怎样停止这件事，还在愚蠢地指望着股市会对自己露出笑脸，奇迹会出现在自己的生命里！人们借着这些美好的梦生活着，而根本不顾因果是个什么东西，它跟自己的生命到底有什么关系？佛家说："财"布施得财富；"法"布施得智慧；"无畏"布施得健康。想得财富，必须先要有财布施，问问自己：过去有没有财布施？如果有，财富自然会来；如果没有，怎么还能指望财富临门呢？这跟农民伯伯不播种却等着收获粮食有什么不同？

佛家又言：如是因，如是果。在这个世界上，没有什么人能够随随便便成功，不经历风雨，无法见彩虹。可以说，因和果是直系亲属，它们从不分离，就跟人与影子一样，相伴左右或前后。不信因果者，活得特别累，往往会被自己的情绪或感受牵着鼻子走，时常做出错误的判断。信因果者，乐观，达理，看问题全面而细致。"菩萨畏因，众生畏果"，的确是这样的。智者在做任何事情前，总要问一问此事是好是坏。如果是好的事情，尽力去做；如果此事不好，绝对不做。正知正见能够得到正果；邪知邪见，必定得恶果。在平时，我们总是以见花的心态去看问题。什么是见花的心态？就是见到一盆花的时候，总认为它就是一盆花，与泥土或花的根茎无关。而如果没有了泥土与它的根茎，那么又何来那盆花呢？只见到果，却看不到因，这往往是导致失败的原因。偶然成功了，就忙着开庆功会，根本不去总结成功的经验；失败了就一味抱怨，怨天尤人，却从不责怪自己，不知道一切结果都是由某个特定的原因造成的，以各种借口和理由来安慰自己，以此来逃避责任。这不是我们常人所为吗？

美国的查尔斯·哈奈尔在《世界上最神奇的24堂课》里写道：“知其然亦知其所以然，轻松自由地跟随真理的脚步。看透每一个问题，并能充分恰当地做好自己应该做到的事。如此收获到的将是这个世界真情无私的回馈，无论是友情、爱情，还是荣誉、赞许，都会投进你的怀抱。”

如果想在大山里听到山谷悦耳的回音，就请喊出最为美妙的声音吧！请记住奥修的话：“神以你走向他的方式走向你。”“因为神只做返还的动作。”

微笑

微笑，是世界的通用语。我们这个世界，有不国的国家，不国的民族，不同的宗教，不同的文化与风俗等，但有一种语言是相通的，那就是微笑。

施皮特勒说：“微笑是具有重要意义的语言。”微笑还被人誉为“解语之花，忘忧之草”。

微笑的力量非常强大，许多名人都对微笑发出了赞叹之声。德国的威尔科克斯说：“当生活像一首歌那样轻快流畅时，笑颜常开乃易事；而在一切事都不尽如人意时仍能微笑的人，才真的活出了生命的价值。”法国的雨果说：“生活就是面对真实的微笑，就是越过障碍注视将来。”德国的罗莎·卢森堡说：“不管怎样的事情，都请安静地愉快吧！ 这是人生。我们要依样地接受人生，勇敢地、大胆地，而且永远地微笑着。”古龙说：“微笑时可以应付一切的表情——冷漠、热情、嘲讽、仇视、关怀、成功、失败……”尤其是辛迪·克劳馥的那句话，让女人特别有安全感：“女人出门若忘了化妆，最好的补救方法便是亮出你的微笑。”西方有一句谚语很有意思：“只有用微笑说话的人，才能担当重任。”微笑是上帝赐给人类的珍贵礼物，是我们人生中最大的资产，我们不要轻易丢掉微笑。

微笑是一束阳光，可以消除人与人之间的隔阂。请看一则故事：

有一位女郎一个人住进了一个小区，发现她的邻居是一户穷人家，只有一个寡妇和小女儿。一天晚上，小区停电了，她正想出去买蜡烛，忽然听见有人敲门，开门一看，是邻居的小女儿。小女孩怯生生地问：“阿姨，你家有蜡烛吗？”女郎以为邻居家穷得连蜡烛都要借，不禁生起厌恶之心，怕他们借成习惯了。她斩钉截铁地说：“没有。”小孩露出了笑容，并掏出一根蜡烛，说：“我妈妈猜你家没有蜡烛，所以让我给你送蜡烛来了。”女郎瞬间羞愧得无地自容，紧紧抱住了小女孩。

微笑连同关爱，是世间最为温暖的情感。再冷漠自私的人，也无法拒绝他人善意的微笑与关爱。

一个年轻人到一幢大楼去推销电脑清洁纸巾，一连三次去推销，每次都带着微笑面对公司里的每一个人，但都被里面的工作人员以冷脸冷眼拒绝了。大家都以为他不会再来了。第四次，当他带着一脸微笑走进公司的时候，里面的工作人员被他感动了，终于买了他的产品。他临走时，工作人员一改往日的冷淡，热情地问他：“难道你多次遇到这样的尴尬就没有想到过放弃？”他回答说：“我坚信，没有一块冰不被阳光融化！没有人拒绝微笑！”

说得多好！没有人拒绝微笑。这种执着的精神，往往是通向成功的阶梯。

微笑，是世界的通用语。我们这个世界，有不同的国家，不同的民族，不同的宗教，不同的文化与风俗等，但有一种语言是相通的，那就是微笑。我们在与世界各国交流的时候，会遇到语言的障碍，但千万别忘了还有一种语言：微笑。苏格拉底说过：“在这个世界上，除了阳光、空气、水和笑容，我们还需要什么呢？”微笑是人类最美的表情，不需要刻意地学习，这是上帝赋予人类的一个宝贵的礼物。在生活中微笑可以很好地协调人与人之间的关系，让社会变得更和谐。

能够在生活中天天微笑的人，任何困难都难不倒他。美国的总统林肯，有人专门为他做过统计，说他一生只成功过 3 次，失败过 35 次。

不过第3次成功使他当上了美国总统。为什么他会成功？因为在每次失败时，他都会微笑以对。在他竞选参议员落选的时候，他就微笑着说过这么一段话："此路艰辛而泥泞，我一只脚滑了一下，另一只脚因而站不稳。但我缓口气，告诉自己，这不过是滑一跤，并不是死去而爬不起来。"

帽子戴在头上都有被风吹跑的时候，哪有人不受挫折就能成功呢？所以，顺境来了，要淡然；逆境来了，要坦然。坦然地面带微笑，说一声："失败了吗？那好，再从头来一次。"

微笑蕴含着幸福，微笑饱含着生机。微笑中充满了永恒与希望，微笑里洋溢着美好与朝阳。

从微笑开始，就会离成功很近，离幸福不远！希尔顿饭店的创始人、世界旅游业之王康·尼·希尔顿就是一个非常注重微笑的人。他经常这样要求他的员工："大家牢记，万万不可把我们心里的愁云摆在脸上！无论我们饭店遭到何等的困难，希尔顿服务员脸上的微笑永远是顾客的阳光。"正是这小小的微笑，让希尔顿饭店获得了极佳的声誉。

是的，我们为什么不去微笑呢？我们如此美好地生活着，生活并没有欠我们什么，我们何苦板着一张脸？生活就像一面镜子，当我们面对它哭泣时，它也会哭泣；而当我们朝它微笑时，它也朝我们微笑。

微笑是一种生活的态度，跟贫富、地位、权势等没有太多的关系。有的富翁可能成天忧心忡忡；有的穷人每天快快乐乐的；有人身处顺境而抱怨命运不公；有的人身处残障之境仍能乐观处世。谁的微笑能比霍金的更有魅力？谁能说张海迪的微笑没有感染力？面对桑兰的微笑谁不动容？

微笑是平等的，没有界限的。微笑是对自己的尊重，更是对他人的尊重。微笑具有反作用力，你付出去的微笑越多，收回来的微笑也越多。

微笑有时候是一剂良方，尤其是受到别人曲解之后，解释如果无用，那就不解释，一直保持微笑，直到误解消除还在微笑。当年，有人恶意散布谣言说爱因斯坦的理论错了，并且说有一百位科学家要出来联合作证。爱因斯坦知道了这件事，并没有辩解，只是淡淡地笑了笑，说："一百位？要这么多人？只要证明我真的错了，一个人出面便行了。"爱因斯坦的理论经历了时间的考验，而那些人却让一个微笑打败了。在曲解面前，清者自清，浊者自浊。面对那些无理取闹、恶意诋毁者，无须争辩，只要给他一个微笑就足够，其他的事就让时间去证明好了。

微笑是一种修养，少了这种修养，人生会有许多缺憾。微笑的实质是亲切，是鼓励，是温馨。

微笑如花，微笑越多，花园就越兴盛。没有人会拒绝一朵花，会拒绝一座花园！

忍辱

何谓忍辱？忍辱，不是拼命地忍耐屈辱，而是即使在受辱的情况下，也能保持内心的和谐与宁静。此乃人生难得之境界！

我很喜欢读《憨山大师醒世歌》：

红尘白浪两茫茫，忍辱柔和是妙方。
到处随缘延岁月，终身安分度时光。
休将自己心田昧，莫把他人过失扬。
谨慎应酬无懊恼，耐烦作事好商量。
从来硬弩弦先断，每见钢刀口易伤。
惹祸只因闲口舌，招愆多为狠心肠。
是非不必争人我，彼此何须论短长。

世事由来多缺陷，幻躯焉得免无常。
吃些亏处原无碍，退让三分也不妨。
春日才看杨柳绿，秋风又见菊花黄。
荣华终是三更梦，富贵还同九月霜。
老病死生谁替得，酸甜苦辣自承当。
人从巧计夸伶俐，天自从容定主张。
谗曲贪嗔堕地狱，公平正直即天堂。
麝因香重身先死，蚕为丝多命早亡。
一剂养神平胃散，两种和气二陈汤。
生前枉费心千万，死后空留手一双。
悲欢离合朝朝闹，寿夭穷通日日忙。
休得争强来斗胜，百年浑是戏文场。
顷刻一声锣鼓歇，不知何处是家乡。

整首诗说了很多的人生道理，其中一个是：忍辱！

何谓忍辱？忍辱，不是拼命地忍耐屈辱，而是即使在受辱的情况下，也能保持内心的和谐与宁静。此乃人生难得之境界！

丁真俄色仁波切解释什么是忍辱时，说："忍辱并不是说我要忍着，完全压抑着，像被另外一个东西打气一样，不停地打着打着，忍着忍着，最后'砰'的一声爆炸了，这叫忍辱吗？不是。真正的忍辱是什么呢？真正的忍辱是接受，接受这样的现象存在着，接受不同性格的人存在，接受不同的想法存在……"

忍辱做得最好的，莫过于释迦牟尼佛了。他在有一世当忍辱仙人，被残暴的歌利王割截身体时，不仅没生半点怨恨之心，反而说如果他成佛了，首先要度的人就是歌利王。果然在他成佛后，在鹿野苑初转法轮时，所度的五比丘中的憍陈如就是歌利王的后世。

当代高僧宣化上人也修忍辱修得非常到位。他从 16 岁开始为人讲《金刚经》，经上讲到忍辱仙人，被歌利王割去四肢，而心不生嗔恨。那时他便发愿效法，一心去修“忍辱”关。他大愿一发，考验便从四面八方蜂拥而来。本来不骂他的人也骂他了，本来不打他的人都打他了。本来对他最好的朋友，结果专门来攻击他。于是他自忖：“我为别人讲《金刚经》，说忍辱仙人被割断身体而不生嗔恨。现在这些人仅是辱骂我、攻击我，还没到割断我的四肢，我若不能忍辱，还讲个什么《金刚经》！”于是，不管什么辱他都忍了，忍人不能忍、让人不能让，最后成就佛果！

忍辱在佛教里，列为“六度”（即布施、持戒、忍辱、精进、禅定、般若）之一，是很难修的，也就是说很难做得到。有些人觉得自己很大度，什么事都看得开，人家说他几句也无所谓，表面上看起来已经修得很好了，但真正逆境一现前，原形毕露。

有一个名叫巴楚仁波切的行脚僧，去拜望一名隐士。当他来到隐士的洞穴时，隐士发问道：“你是谁？从何处来？去向何方？”巴楚回答说：“我从我背后的方向来，将往我面对的方向去。”隐士又问：“你的出生地是哪儿？”巴楚答：“人世间。”这时，隐士有点急躁了，再问：“你叫什么名字？”巴楚以不速之客的身份回答：“无作瑜伽士。”接着，巴楚以天真的口吻问隐士为何隐居于此。隐士隐忍着心中急欲表现的骄傲，清了清喉咙缓缓地说：“我在此已住了20年，正在修至高无上的忍辱波罗蜜。”巴楚露出赞叹的神情，又俯身对隐士耳语道：“像我们这几位老骗子，还无法做到您现在所做的事！”隐士愤怒地跳起来，对巴楚说：“你是谁，胆敢这样扰乱我的闭关修行？谁支使你来的？为什么你不让我这谦卑的修行人安安静静地禅修？”巴楚平静地回答：“好啦，你的忍辱波罗蜜到哪儿去了呢？”

修了20年！自以为修到非常之境了，谁知巴楚的一句话就把他激怒了，看来，这忍辱不好修。

《法华经》记载：“如来衣者，柔和忍辱衣是。”“忍”是能忍之心，“辱”是所忍之境，以能忍之心对治所忍之境就能防止一切障碍恶业发生，就如同护身之衣，保护我们的法身慧命。

《佛说四十二章经》里有一则故事：

佛言："有人闻吾守道，行大仁慈，故致骂佛。佛默不对。骂止，问曰：子以礼从人，其人不纳，礼归子乎？对曰：归矣。佛言：今子骂我，我今不纳，子自持祸归子身矣。犹响应声，影之随形，终无免离，慎勿为恶。"

这段文言文是说有人听说释迦牟尼佛得道成佛了，在普度众生，便来到他面前辱骂他。佛陀沉默着让他骂。等他骂完了，问他："如果你拿着礼物去送人，那个人不收你的礼物，那么这份礼物归谁呢？"那人说："当然归我了。"佛陀又说："现在你骂我，我不接受，那么这份辱骂归你自己了。声响连体，形影不离，千万不要随便造恶业啊！"人骂佛陀，佛陀非但不生气，反而度化他，真乃慈悲至极！

我们在生活中、工作中经常会碰到受辱之事，有时候会气得睡不着吃不下，那就学一学《圣经》中的那位先知诺亚吧。他预言洪水将要到来，号召大家建造大船以避洪水，反遭大伙儿耻笑。在一片耻笑声中，他默默地坚持造方舟。后来，洪水果然来了，他凭着诺亚方舟拯救了地球上的很多生物。

在忍辱面前，我们不做分辩，唯一的办法就是默默地奉献，静静地等待时间来洗清一切！

祈祷

让祈祷变成一种习惯，不仅为自己祈祷，也要为别人祈祷。美国一位曾经获得世界冠军的拳击手，每次赛前他都会静默一会儿。朋友问他做什么？他说："我在祈祷，祈祷天主让我打得漂漂亮亮，最好让我们谁都不受伤！"这样的祈祷让人温暖与感动。

请看一篇晨祈文：

旭日东升　霞光盈空
伟大爱心　智慧某某（自己）
今天又是新的开始
一日之际在于晨祈
在如此美好的清晨

愿您接受我的祈愿

回忆往事宁神静气

我虽曾失败，但从来没有失望

我虽曾伤心，但总能安然释怀

我虽曾流泪，但深信明天会更美好

今天在您某某（自己），爱心呵护下

祈求您赐给我勇气

面对今天所有挑战

祈求您赐给我忍耐

接受今天所有因缘

祈求您赐给我力量

让我能为别人付出

祈求您赐给我能力

让我倒空过往执着

伟大爱心　智慧某某（自己）

祈求您赐给我智慧

让我学会开放、接受

让这次学习满载而归

请您帮我开启智慧

请您帮我点亮心灯

让我欣赏天地美妙

让我感恩人间温暖
让我明白生命珍贵
伟大爱心　智慧某某（自己）
帮我成为心灵富翁
每天欢喜付出
每天乐于结缘
每天宽厚待人
伟大爱心　智慧某某（自己）
帮我成为生命勇士
能够念念清净
能够时时奉献

祈祷是一种对生活及生命的希望。生活中得不到的东西，通过祈祷，不管能不能应验，都会在心理上产生一种信赖感；似乎只要祈祷过了，事情就会向好的方向转变。于是，恐惧的心理减弱，忧伤的情绪好转，代之而起的是充满希望的期待，期待祈祷带来的结果！也许，这个结果一辈子都不会出现，但没有关系，有时候，祈祷的过程就是让你在期待中抚慰心灵，实现一份安然！

有宗教情结的人，对祈祷并不陌生。不管是佛教、基督教还是伊斯兰教教徒，他们都会让祈祷成为生活的一部分，在祈祷中清洁自己的心灵，向往美好的未来。通常，人们要发挥潜意识的作用，往往是采取祈祷的形式；这从心理学的角度来讲，也是有依据的。你想拥有什么美好的事物，就静下心来，在内心虔诚地祈祷它的到来，脑子里要有这样的画面，越清晰越好，好像这件事情真的已经发生了一样。让自己全身心投入并且相信这一切真的会发生。

但是祈祷必须向内求，而不是向外求，要向自己的内心去求，也就是向自己的潜意识去求。潜意识的智慧与力量是无穷的，潜意识所具有的能量是我们无法想象的。什么叫向内求？譬如你希望领导更重视自己，就应该向自己的内心祈祷，它会帮助你工作更加出色，领导看到后自然会更加重视你。如果直接去向领导提要求，就变成乞求了，领导对你的印象绝对不会太好。

生活中，有许多男士追求女孩子。他们用尽全力去追求喜欢的女孩，让出了自己的主动权，似乎是感动了对方，可是最后在一起了却没有换来平等的关系！这是向外求的结果！如果当初同样是在追求她，祈祷的对象是自己的内心，希望自己非常优秀，以自己的品德与才能去打动她，变被动为主动，让她对你产生好感，这样才会平等和顺！所以，自己就是一座宝藏，不要到外面到处乱求！一个内心不庄严不美好的人，每年跑到庙里去烧头香，去拜菩萨，菩萨会保佑他吗？当然不会。如果会，菩萨不是变成贪官污吏了？

所以，要想真正拥有一件东西，首先必须是心灵上拥有；快乐、成功没有谁能给你，只有你自己能给自己；用全部的热忱和信念向你的内心祈祷，内在的力量才能帮你实现你的梦想。

在生活中，那么多人祈祷，大多在走形式主义，祈祷的场面不可谓不宏大，祈祷的仪式不可谓不庄严，祈祷的表情不可谓不严肃，而真正能够在内心接收到的人却少之又少。

有一个小镇干旱了很久，当地农作物损失惨重。于是牧师把大家召集在教堂里开一个祈求降雨的祷告会。其中有一个小女孩，因个子太小，几乎没有人看得到她。就在这时侯，牧师注意到小女孩随身携带的东西，激动地在台上指着她说：“那位小妹妹很让我感动！”大家顺着他手指的方向望去，牧师接着说：“我们今天来祷告祈求上帝降雨，可是整个会中，只有她一个人带着雨伞！”大家仔细一看，果然，她的座位旁挂了一把红色的小雨伞。在短暂的沉默之后，是掌声与泪水交织的感人场景。

小女孩的心灵是多么美好与纯净。她来祈雨，就相信雨一定会下。于是，她就带着雨伞来。同是祈雨，可大多数人都觉得就算祈了雨，也压根儿不会下雨。想想，如果你是雨，还会来吗？大家根本没有做好欢迎雨到来的准备，心不诚，事不成！

让祈祷变成一种习惯，不仅为自己祈祷，也要为别人祈祷。美国一位曾经获得世界冠军的拳击手，每次赛前他都会静默一会儿。朋友问他做什么？他说："我在祈祷，祈祷天主让我打得漂漂亮亮，最好让我们谁都不受伤！"这样的祈祷让人温暖与感动。

国外有一位神父，晚年的时候患上了老年痴呆症，谁都不认识了，但脸上却永远保持着微笑，见到人总会拉住对方的手，说一句话："祈祷吧！"祈祷，成为神父记忆中唯一的牵挂，祈祷就是他对这个世界最珍贵的祝福！

让我们祈祷：祈祷世界和平，祈祷祖国吉祥，祈祷家人幸福，祈祷师友健康，祈祷自己善良，祈祷自己把祈祷当作一生的功课来做！

要想真正拥有一件东西或实现某个心愿，光凭嘴巴念是没用的，必须是心灵上的拥有，所谓"福至心灵"，祈祷就有这样神奇的效果。

布施

古人云：“将欲取之，必先予之。”这句话道出了布施或者说付出的真谛。你要想“取”，就要先“予”：你要想收获，必须先播种；你要想得到成绩，必须先付出努力……

懂得布施的人，往往是富有的人。

这个世间把布施当作快乐的人不多。有人一听说要布施，就会想大概是某某地方有灾难了，或者是某某人有困难了，于是献点爱心，拿一些衣物或金钱去捐赠，并被自己的善行感动，这可以称为布施吗？

布施分两种：有相布施与无相布施。有相布施是指布施后要求回报的，我这么多钱布施出去，到底有多少功德呀？带着有所求的心态去做布施，这是有相布施。无相布施就是不求回报的布施，没有布施者，没有受施者，也没有布施这回事，就是佛教里面说的“三轮体空”，这才是真正的布施！布施在佛教里列为“六度”之首，非常重要，因为人性好贪，布施可以治疗人的贪欲！

人生没有所有权，只有使用权。世界上没有永久属于自己的东西，与其死死地守护住财产，不如大大方方地去布施。因为真正的财富并非金银财宝，而是人与人之间的信任与爱！

早期的哲学大师们都懂得“布施法则”的惊人秘密，想得到什么必须先行布施，否则，一切都是空谈！20世纪美国的一位著名哲学家曾说：“如果有人向我们奉献了他自己所拥有的一切，则最终我们将为他所拥有。”我国的圣哲老子说：“万物作而弗始，生而弗有，为而弗恃，功成而不居。夫唯弗居，是以不去。天长地久。天地所以能长且久者，以其不自生，故能长生。是以圣人后其身而身先，外其身而身存。”

先人后己，先天下之忧而忧，后天下之乐而乐！这些都是付出不求回报的典型。布施者往往是非常慈悲的，从慈悲田里流出来的爱化在布施的行动里，让人感到无比温暖。有一则故事：

古代有一位良宽禅师，平常居住在山脚下一间简陋的茅棚，生活过得朴实、简单。在月光明亮的一个晚上，良宽禅师从外面讲经回来，刚好撞上一个小偷正在光顾他的茅棚。小偷看到禅师回来了，紧张无措，不知道要干什么了。良宽禅师却温和地对小偷说：“找不到可偷的东西吧，想来你这一趟是白跑了！这样吧，我身上的这件衣服还值点钱，你就拿去吧！”小偷惶恐之下抓着衣服就跑。看着小偷逃跑时的背影，良宽禅师感慨说：“可惜我不能把这美丽的月光送给他。”

在慈悲者眼里没有小偷，只有亲人。看到亲人在受苦，他又没有东西可赠予，于是就脱下衣服给他。除此而外，没有更值钱的东西了。如果月亮能采摘下来，他一定会送给小偷。所幸，第二天一早，他开门时发现，小偷把他的衣服送回来了，叠得整整齐齐地放在门口。看来，尽管禅师没有把月亮送给他，但他已经点亮了心灵之光。

有一次，印度伟人甘地乘火车，上车时由于乘客拥挤，不小心掉了一只鞋子到了铁轨旁，当他意识到时，火车门已经关上，不能下车捡了。就在此时，甘地连忙把穿在脚上的另一只鞋子也脱下，从窗户口扔到铁轨旁。同行的人很不理解甘地为什么这样做，甘地认真地说：“这样一来，捡到的人就能得到一双鞋子。”

布施的法则是你付出了就能得到，这不是迷信，而是规律——因果的规律。布施分三类：财布施、法布施和无畏布施。财布施得财富，法布施得智慧，无畏布施得健康长寿。

布施是不拘形式的，只要有付出，就是布施。有一则真实的故事：

一个刚刚经历高考落榜的年轻人，非常痛苦，整天徘徊于村子外的水塘边，想一死了之。谁知三天之后，那个水塘却意外地干了，一湖满满的池水不知为何消失了，只剩下一些稀泥和沉沙。三个月后，这位年轻人通过成人高考考上了大学。就在他即将远行的前一天，再次回到这个水塘边，却发现池塘里的水满了，池塘里的水很清澈，但是没有鱼。经过打听，年轻人才得知了这件事情的真相。原来池塘的主人怕年轻人想不开，跳进池里自杀，竟然冒着鱼儿流失的风险放掉了池里的水。

布施者总能适时付出自己的爱心，救人出苦难或困境。布施者收获的是内心的喜悦。

古人云："将欲取之，必先予之。"这句话道出了布施或者说付出的真谛。你要想"取"，就要先"予"：你要想收获，必须先播种；你要想得到成绩，必须先付出努力；你要想得到别人的爱，那必须先付出自己的爱！

一个馒头店的老板，每天蒸120个馒头，出售100个，20个用来接济贫苦的老人和孩子。生意好的时候，馒头刚一出锅便被顾客一抢而光，于是有人便劝他卖掉那些留下的馒头。可是无论顾客如何要求，他就是不肯将那20个馒头卖掉。当他把热乎乎的大馒头送给老人和孩子的时候，黝黑的脸上绽放出明亮的光彩，那种幸福的感觉是其他人所体会不到的。

所以说，施比受更有福！

财富从哪里来？从布施中来。智慧从哪里来？从布施中来。健康从哪里来？从布施中来。快乐从哪里来？从布施中来。幸福从哪里来？从布施中来。

布施是快乐与幸福之源泉。如果没有财富布施，那就布施智慧；如果没有智慧布施，那就布施体力；如果没有体力布施，那就布施微笑；如果无力微笑，那就在心里默默地布施祝福！

生活中有太多平凡事情可以去做，但我们总觉得那些事情不重要，而一味地去追求所谓的不平凡！其实，没有了平凡作为台阶，不平凡是永远无法到达的！

平凡意即平常、不稀奇。这个意思会让人产生一种误解，觉得平凡是不怎么好的，做人就要做得不平凡，要做得出人头地才好！所以，人们往往会下意识地远离平凡。

但我们知道，平凡并非等于平庸。而且，平凡的人生其实并不平凡！我们对于平凡的理解可能有些偏差，才会追求一切不平凡的事情，并认定只有不平凡才是成功的人生！

那么，不平凡从哪里来的？很简单，是从平凡来的。平凡是因，不平凡是果。

做平凡的事情往往没有功利色彩。一个家庭主妇在家里扫地、煮饭、照顾孩子都是没有工资的，她是在全身心地付出。相反，如果我们在做一件有报酬的事情，心里就会想：做完这件事，我就能拿到多少多少薪金。尽管做得不怎么舒畅，但看在这些不薄的薪金的份上，耐着性子把这事儿干完！老实说，在做这种事情的时候，是根本没有美感的。因为美感来自没有条件、没有报酬、全身心的付出，来自爱！

你可以在非常平凡的生活中过着非凡的生活，自在地跟自己在一起，扫地、煮饭、洗衣服……无论你在任何的工作岗位上，无论你现在身居什么位置，都可以让自己全然地投入，全然地热爱。因为整个过程在于你愿意很全然地去做，去享受。这是一种境界，这种境界非常自在，完全由自己决定。

平凡落实在生活中，真的是很不起眼的，人生的意义仿佛被平凡的生活消磨了。我们经常看到农民伯伯锄地，一锄头一锄头下去，泥土在他的脚下翻卷着花儿，辛苦的汗水渗透了衣衫，我们觉得他累很乏趣，但其实，看着被锄好的这片土地，他的内心是非常充实的，很有成就感的，这种成就感不亚于成功的企业家！每当夕阳西下，炊烟袅袅地从村中升起，牛羊吃得饱饱的走在回家的路上，农民伯伯的满足感就从平凡的日子里溢 出来了。日出而作，日落而息，还有什么比这更美好的生活呢？又有谁能说这样的日子不幸福呢？这样的日子是平凡的，犹如花开花落，云卷云舒。

做平凡的事情往往没有功利色彩。一个家庭主妇在家里扫地、煮饭、照顾孩子都是没有工资的，她是在全身心地付出。相反，如果我们在做一件有报酬的事情，心里就会想：做完这件事，我就能拿到多少多少薪金。尽管做得不怎么舒畅，但看在这些不薄的薪金的份上，耐着性子把这事儿干完！老实说，在做这种事情的时候，是根本没有美感的。因为美感来自没有条件、没有报酬、全身心的付出，来自爱！

一个不平凡的人会被盛名所累，很难有全然开放的感觉，因为一切的光环把他们包裹得严严实实，那种自然的爱、自然的芬芳被封闭了，散发不出来。

平凡的生活要有平凡的心态才能过得好。分享一个真实的案例：

任日本内阁成员（曾经是日本邮政大臣）的野田圣子，刚参加工作时，她在宾馆的卫生间受训。她出身于名门望族，毕业于名牌大学，心中充满了理想和抱负，没想到一参加工作，居然在宾馆的卫生间搞卫生，这对她的打击太大了。第一次擦洗马桶时，她直想呕吐。一位前辈见到这种状况，在清洁马桶后立即盛了一杯马桶水喝了下去。她惊呆了，内心受到很大震动，从此端正了工作态度。受训的最后一天，她也盛了一杯马桶水喝了下去。

那位前辈做的事情是平凡的，但正是这种非同一般的态度影响了身边的很多人。清洗马桶是何其平凡又何其让人生厌的事，可她将工作做到“清洗过的马桶水可以喝”的地步。如果她没有甘于平凡的精神，工作绝对达不到这个标准。她或许永远默默无闻，但可以肯定的是，她清洁过的卫生间是一流的！

你可以在非常平凡的生活中过着非凡的人生，自在地跟自己在一起，扫地、煮饭、洗衣服……无论你在任何的工作岗位上，无论你现在身居什么位置，都可以让自己全然地投入，全然地热爱。因为整个过程在于你愿意很全然地去做，去享受。这是一种境界，这种境界非常自在，完全由自己决定。

分享一则关于小海星的故事，大家不妨静下心来读一遍：

黄昏的海滩上，有一位男子在轻松舒缓地散步，他看见远方有一位当地的墨西哥人，正在不断地从海滩上捡起一些东西，并丢向海中。靠近时，他发现这个墨西哥人捡的是海星。他觉得很疑惑，便问这位墨西哥人："先生，你好，请问你在做什么？""我在将这些海星丢回海中，现在正在退潮，如果我不让它们回到海中，它们将会缺氧而死。"墨西哥人回答道。他说："我知道，但这海滩上起码有上千个海星，你是不可能将它们全丢回海中的，而且在这沿海又有无数个海滩，每个海滩都可能发生同样的事，你这样做和没做又有什么差别呢？"这位墨西哥人听了微微一笑并弯腰再捡起一只海星，回答说："你瞧，对这只而言，就有差别了吧！"

在海滩边捡海星，这是最平凡的事情。但它却让人感受到美好与感动，那是一种爱，无私的平等的爱，让人觉得想流泪！

生活中有太多平凡的事情可以去做，但我们总觉得那些事情不重要，而一味地去追求所谓的不平凡！其实，没有了平凡作为台阶，不平凡是永远无法到达的！

何不从这一刻起，让我们从平凡开始！爱是一个长久的诺言，平凡的故事要用一生讲完！

只有对自身有了彻底的了解之后，才会甘于平凡。甘于平凡是需要勇气的！在这个世间，甘于平凡的人不多，而那些真正的不平凡者，大多都是从平凡中脱颖而出的。

卷三

花开的感觉

缺憾

西方有一句名言："人生的缺憾是被上帝咬过一口的苹果。"说得多好！妙就妙在被上帝咬过，唯有被上帝咬过，才越发珍贵！

我们在日常生活当中，总会自觉不自觉地拒绝有"缺憾"的事情来到自己的身边。虽说大家都知道"人生不如意事十之八九"，但在心里，总希望自己事事如意，事事吉祥，事事圆满。殊不知，缺憾正是圆满的衬托，如果没有缺憾，哪有圆满之说呢！

《吕氏春秋》里有一句话颇有启发作用："尺之木必有节目，寸之玉必有瑕疵。"确实如此，每一根木头总会有缺点，每一寸玉也总会有瑕疵。车尔尼雪夫斯基也说："既然太阳上也有黑点，人世间的事情就更不可能没有缺陷。"

缺点也好，缺陷也好，缺憾也罢，只要是存在着的事情，我们就要如实地面对，任何掩饰都是自欺欺人，到头来反而造成尴尬的局面。

下面一则故事很通俗，但却很有哲理：

从前有一位国王，给七个美丽的女儿每人送了十个漂亮的发夹。

一天早上，大公主醒来，一如往常地用发夹整理秀发，却发现少了一个发夹，于是她偷偷地到了二公主的房里，拿走了一个发夹。二公主发现少了一个发夹，便到三公主房里拿走一个发夹。如此类推，最后是七公主的发夹少了一个。

不久，邻国英俊的王子来到皇宫，其实公主们心里早就暗恋这位英俊的王子了。他对国王说："昨天我养的百灵鸟叼回了一个发夹，不晓得是哪位公主掉了发夹，这真是奇妙的缘分，我想娶这位公主为妻。"

公主们听闻了这件事，都想说是自己掉的，但说不出口，因为头上明明有十个发夹。只有七公主走出来说："我掉了一个发夹。"话才说完，一头漂亮的长发因为少了一个发夹，全部披散了下来，王子不由得看呆了。他当即向她求婚。王子和七公主从此过上了幸福美好的日子。

这个故事提醒我们：为什么一有缺憾就拼命去弥补？难道十个发夹就是真正的圆满，而少了一个就有缺憾了？如果不少一个发夹，七公主的头发就不会掉下来，王子也就不会惊讶于她的美而娶她了，谁说缺憾不是一种美呢？

世界上没有绝对的圆满，我们看到不美的东西，是因为我们看东西的角度不对。断臂维纳斯是公认为美的，如果把她的断臂接上去，谁还会说美呢？圆满的东西并不代表完美，相反，缺憾有时候弥补了由于审美疲劳而带来的不足。

巴甫洛夫《给青年们的一封信》里写道：“永远不要企图掩饰自己知识上的缺陷，即便用最大胆的推测和假设去掩饰，这也是要不得的。不论这种肥皂泡的色彩多么使你们炫目，但肥皂泡必然是要破裂的，于是你们除了惭愧以外，是会毫无所得的。”这话说得多么语重心长！因为他太懂得青年人尤其容易掩饰自己知识上的不足，时间长了会形成习惯，给整个人生带来不良的影响。

西方有一句名言：“人生的缺憾是被上帝咬过一口的苹果。”说得多好！妙就妙在被上帝咬过，唯有被上帝咬过，才越发珍贵！我们不都是曾经被上帝咬过一口的苹果吗？想想自己是否完美？有没有人敢说自己是完美的，没有一丝缺点？我想，最狂妄的人也说不出这样的话来吧。

我们在开“三欣会”的时候，觉得自己的优点还挺多的，看起来

非常完美。但在开“四新会”的时候，才发现自己的缺点原来这么多。因为，自己整天看到的是别人的缺点，而根本看不到自己的。太多的人没有自我反省的能力。古人有“一日三省吾身”之举，我们可能一月三省吾身都做不到。愧不如古人！

达观者，面对缺憾有良方，分享一段现在最为流行的话给大家：

逃避不一定躲得过，
面对不一定最难受，
孤单不一定不快乐，
得到不一定能长久，
失去不一定不再有，
转身不一定最软弱。
别急着说别无选择，
别以为世上只有对与错，
许多事情的答案都不是只有一个，
所以，我们永远有路可以走。
你能找个理由难过，你也一定能找到快乐的理由，
懂得放心的人找到轻松，
懂得遗忘的人找到自由，
懂得关怀的人找到朋友，
天冷不是冷，心寒才是寒，愿你的心都是暖暖的。
人的长大伴随着一些失落，人的成熟附带着一些伤痕，

好在有希望这东西，你总还可以去等，

好在人与人之间，距离产生美感，

好在生命里，快乐比痛苦多，

好在这个世界，还有很多美丽，

好在当你成熟的时候，你还不算一无所有。

这段话看起来像是在劝说一位失意的朋友，话语平淡，但意味深长，又情真意切。仔细咀嚼，每个人都会反观自身，感慨良多。

当“缺憾”来临的时候，我们不妨微笑着迎接他，像迎接一位好友的到来。找一扇向阳的门窗，拉着他坐下来，真诚地对着他说：“很高兴你的到来。”

缺憾来了，不要急着去补足。缺憾也许正是人生的一个转机，正因为有这么一个转机，将来就会有无限的生机。如果紧紧抓着手里的两只馒头不放，那么，我们手里抓着的永远是两只馒头！如果我们放下馒头，那么，想得到任何东西的可能性就太多了！

梦想

有一类人，不仅可以实现自己的梦想，也可以帮助别人实现梦想，他们被称为梦想制造者。

梦想是人类前行的动力。千百年来，在人类科学技术关隘的每一个突破口，都是因人类的梦想推动而成功的。如果人类没有对顺风耳的梦想，贝尔也不可能在失败了无数次之后发明电报电话；如果人类没有对千里眼的梦想，牛顿绝不会去造望远镜；如果人类没有对月球对外太空的梦想，人们也就不可能登上月球和外太空。

由此可见，梦想犹如一束光芒，给漫长历史中的无数生命带来了希望与动力。由于梦想，人们逐渐地从野蛮时代走向文明时代；由于梦想，人们逐渐地由低级生活走向了品质生活！

梦想如鸟的翅膀，它会飞翔，它会带着人们想象的一切飞翔于自由的王国。

梦想只是一个引子，它能够为人类打开一扇又一扇门窗，进去之后就会发现，那是一大片荒芜的土地，还得靠自己去努力，去垦荒！去把梦想种植在这片荒芜的土地上，让土地铺满绿茵，让土地长满希望！

梦想不能只是想，还得靠行动。光有心动，没有行动，再怎么好的梦想也没用。

在四川的边境上，有一个穷和尚和一个富和尚。穷和尚对富和尚说："我打算去南海。"富和尚说："我几年来想买船往下游走，但没能去成。你这么穷，靠什么去呢？"穷和尚说："我靠着一个水瓶、一个饭钵。"到了第二年，穷和尚从南海回来了，富和尚汗颜了。

这个故事主要是讲立志的，立志就是梦想，立了志不行动，这个志就白立了。也就是说光有梦想不行，得行动。梦想如烟，会从自己的生命里飘走。真正获得成功的，是那些紧抓住梦想的人！

20世纪30年代正值美国大萧条之际，人们都还沉浸在一片消极悲观的气氛中，几乎忘记了笑，日子过得特别难受。23岁的沃尔特·迪士尼，

梦想只是一个引子，它能够为人类打开一扇又一扇门窗，进去之后就会发现，那是一大片荒芜的土地，还得靠自己去努力，去垦荒！去把梦想种植在这片荒芜的土地上，让土地铺满绿茵，让土地长满希望！

生命就是一场狂欢，我们没有理由不庆祝。

人若能够放下，便能转动乾坤。

信因果者，乐观，达理，看问题全面而细致。

做任何事处在无心之间，就能真正放下。

无比较心，做事就能放下一切。

平凡的生活要有平凡的心态才能过得好。

当时还是个穷光蛋，但他梦想着：我要创造一个能把美国人逗笑的卡通人物。一段时间过后，米老鼠诞生了。

米老鼠凭借一部轻松有趣的8分钟的微电影盛行于美国。1935年，《纽约时报》评论说：“他是一个世界公民，不可思议地在商人领地取得了一系列的胜利。他是世界上的超级推销员，为失业者找到工作，将公司从破产境地中救出。无论他在何处，希望的曙光都会突破云层。”这个人就是米老鼠！

之后，迪士尼在加州建造了世界第一座迪士尼乐园，去过的人都惊叹，那就是传说中的美国梦。从此，一个靠贩卖梦想为业的迪士尼帝国诞生了。试想一下，梦想不光可以制造，还可以贩卖，那是一种什么感受。

有一类人，不仅可以实现自己的梦想，也可以帮助别人实现梦想，他们被称为梦想制造者。

朗·克拉克先生是迪士尼2000年评选出的美国最优秀的教师，他给那些从未离开小城镇的穷孩子们制造了一个梦想，还帮他们实现了。这个梦想就是：“我们要周游世界！”

老师帮孩子们制造了梦想后的第一件事是想让这个梦想刊登在报纸上，孩子们太兴奋了。但老师一打听到刊登费需要1.2万美元就有点沮丧了。不料，孩子们说：“老师，你常说只要我们一条心，不放弃，我们什么都可以做到。”

老师想，何不让孩子们尝试一下，挣得这 1.2 万美元是个什么滋味？于是，孩子们纷纷开始寻找所有力所能及的事情，周末为别人洗车、卖报纸、卖花等。一个月下来，全班才挣了 800 美元。

正在大家发愁之际，学校收到一张 1.2 万美元的支票。原来孩子们的举动被媒体报道了，深深感动了一位美国名人，他送上这张无名支票。为了圆孩子们一个梦想，他对学校说，把这份心意归为“来自圣诞老人的礼物”。

大家精心想出的广告终于刊登出去了，结果学校的传真机“爆炸”了，从世界各地发来 8000 多封回信，每天都有好心的捐款人出现。

这个故事到这儿就结束了，孩子们还没有去周游世界。但我们可以预见，将来他们一定会实现梦想。只要有梦想，只要有制造梦想的人，只要有人付诸行动，就没有不成功的事情。

企业家们能否让自己成为一个让消费者购买梦想的人？把自己的产品赋予新的内涵，让消费者在购买产品的同时，也能购买到激发梦想的理念。

意大利歌诗达邮轮公司就有一种理念：“船上承载了太多的内涵，我们的想法是，买了邮轮的船票，就等于让消费者购买一个梦想。”梦想原来还可以让消费者购买，这样新潮的想法如果带到企业中去，我想，会有一个不错的未来。

❀ ❀ ❀

梦想贯穿于人的一生。梦想一旦产生，便要努力去实现它，否则，到老了回味梦想的时候，再来感叹壮志未酬，景况就不太妙了。

双赢

在纷繁复杂的社会中，信守双赢这个观念，并不是看轻了自己的实力，认为自己无力扳倒对手，而是因为任何单赢对自己都是不利的。

在竞争日益激烈的当今，把“双赢”这个理念拿出来，温柔地对着它轻唤一声都觉得有点奢侈。

双赢，大家都得到好处，这原本是一件非常美妙的事情，可在现实生活当中却往往实现不了。我的一位学员曾经跟我说，双赢在企业之间的合作交往中，往往会遭遇流产。他说这个词说说容易，做起来非常难。双方明知道要双赢，但内心里总觉得是对方在赢，而自己吃亏了！于是，干脆大家都别想赢，大家输个痛快！我说：“大家都输掉了，你们会很痛快？”他无奈地摇摇头说：“那种滋味……”我想那种滋味好比是面对一盘美食，本来可以一人一份去品尝的，结果由于各自心里作祟，直到美食变了味，干脆一倒了之，谁也吃不上一口！这种事情看起来挺傻的，但到底有没有人在做这样的傻事儿呢？不光有，还多的是。

尽管双赢利人利己，可是，还是会有人不愿意双赢。

在纷繁复杂的社会中，信守双赢这个观念，并不是看轻了自己的实力，认为自己无力扳倒对手，而是因为任何单赢对自己都是不利的。大自然的弱肉强食讲的是力量，而不是日后的长久利益，这是动物界生存的需要。但人类社会和动物界不同，人类社会远比动物界复杂，个人和个人之间，团体和团体之间的依存关系相当紧密，除了竞赛之外，任何你死我活的情形对自己都是不利的。像战争，哪场战争不是伤人又伤己？

因此一个人靠打败他人获取成功并不是人类社会的生存之道。我们应该活用双赢的策略，追求你活我也活的合作方式。在人际关系上，讲求彼此的和谐与互助合作；面对利益时，与其独吞，不如共享。双赢是一种良性的竞争，竞争的结果是共同进步，长久立于不败之地。

道理是人人都懂的，问题是很少有人想去实践。在竞争场上，人们宁愿相信“败者为寇，胜者为王”的观念，也不去考虑双赢的结果。人们甚至把人生也当成竞争之地。

一直以来，在培训界流行着一个游戏：红黑游戏。玩过这个游戏的人才知道应该如何选择。而对于那些没有玩过这个游戏的人来说，永远是体味不出其中的奥妙的。这个游戏的结果是要赢，游戏的规则是要赢得游戏的最高正分，注意是正分！

培训班上的所有人往往会分成几个小组，每个小组是一个家庭。但在游戏开始时，各小组打乱了，全班被分成两队：红队与黑队。这两队是竞争对手，也就是说对手里面有自己的亲人！两队选出一个队长，比赛分 5 个回合，每回合由组内投票决定选红选黑。双红各扣 3 分，双黑各加 3 分，一红一黑则红者得 5 分，黑者扣 5 分。

当选择开始时，大家一个劲地想要赢，一定要赢！于是，大家都想方设法计算着如何才能不输。如果定下黑牌，那么，对方要是选择红牌的时候就会输掉；如果选择红牌，即使对方选择红牌，至少拉平，不会输。这个时候，大家只想着不要输，要赢，如果赢不了，也要打平！许多人抱着这种心态，一路选择了红牌。结果，对方也都选择红牌，于是双方都输掉了！因为双方得到的都是负分，而不是最高的正分！

通过这个游戏，我们至少会在心底生起惭愧心。这个游戏不就是人生的写照吗？一旦利益当头，就昏了头，根本就顾不了别人，甚至亲人！只想着要把对方打败，只想着自己要赢，压根儿就不会去想一想对方的队伍里有我们的亲人！如果我们心里深深爱着自己的亲人，在面临选择时，就不会疯狂地一路飙红！

每次游戏下来，为什么结果会如此令人失望呢？这难道不值得我们好好地反思吗？在生活中，我们有多少时间在为亲人着想？即便没有亲人在对方的团队里，我们为什么就没有这一点雅量去输得漂亮一点？如果每个人的心里存着爱，就不会“赢”字当头。

在亲人面前，没有输赢，就算你赢得了这场竞争，输掉的不就是亲人吗？输掉的不就是亲情吗？假如一开始，双方都考虑到这一点，都能选择黑牌的话，结局会有多好！大家都赢，亲情更浓，其乐融融。

每当游戏结束，上台分享的时候，所有人都会自责，甚至痛哭流涕，觉得自己确实不像样儿！所幸这是个游戏，输掉一次两次三次都没有关系。但人生也是个大游戏，做完之后再后悔都不行。一旦我们选择了红牌，人生就会出现破洞，亲情会有损伤，想补都补不好！别小看一个小游戏，小游戏里有人生的大哲理！小游戏就是一面镜子，让我们在里面看到了自己！到那个时候，我们才会发现，自己怎么会如此丑陋、如此不堪！

人生何处不是在出牌？当自己在不断地出红牌的时候，对方也会出红牌，明知对方在出红牌，自己能不能出一张黑牌呢？明明知道会失败，有没有勇气去承担失败带来的坦然呢？在对方不想双赢的情况下，假如有这份出黑牌的胸襟，还有何事办不成？为什么非要搞成“大不了一起死”才痛快呢？双方都飘扬着红牌，内心却一片黑暗，这是多么让人痛心的事！

玩过这个游戏的人说，下一次玩，绝对会出黑牌，双方都出黑牌，力争双方都赢。还有下一次吗？在人生里面，很多事情只有一次，即使有两次，也不全然相同，所以，我们要谨慎对待每一次，因为那是唯一的一次！

其实，双赢的道理特别浅显，连小孩子都知道。我们失败的原因在于把自己与对方割裂开来了。如果从系统的角度来看，宇宙是一个整体，我们与他人是一个整体。任何一个人作为个体是不可能存在的。个体的一切，都是别人成就的。我们吃的粮食，我们穿的衣服，我们所用的一切，难道每一样都是自己创造的吗？有人说，我用钱买的。那如果没有这些东西，你再怎么有钱也买不来。

释迦牟尼佛说："就拿一棵树来说，众生是树根；菩萨是树的花；佛是树的果。要想开花结果，一定要努力灌溉树的根，爱护它、照顾它，否则，根部一受损害，树就要枯萎了，又怎能开花结果呢？"

其实，爱护他人就是爱护自己。我们与他人是一个整体，整体坏了，终有一天，自己也会大难临头。

一个懂得成就他人的人，时时处在天堂；一个时时限制或陷害他人的人，则处处在地狱。

天堂在哪里？在我们的心里。在那里，"双赢"会成为一面猎猎飘扬的旗帜，引领着我们一路高歌。地狱在哪里？也在我们的心里。当"双赢"这面旗帜倒下的时候，悲风惨雾会从脚底升起。我们要去哪里？让心决定吧。

幽默

幽默有时候是一种文明的武器，有人恶意滋事时，若用幽默法，可达“以子之矛，攻子之盾”的效果。

春有百花秋有月，夏有凉风冬有雪。
若无闲事挂心头，便是人间好时节。

这是禅者的境界！会过日子的人，怎么过都是好的。但大多数人因达不到这样的境界，就会觉得日子越过越乏趣。有人常把日子比作喝茶，头杯浓，二杯淡，三杯就没味道了。那么，如何让乏味的生活过得有味道呢？其实很简单，加一点幽默就行了。

生活中不能少了幽默，幽默是精致生活的一种元素。欧美女子选择配偶时，有各种各样的条件，但有一条不变的条件就是幽默！可见幽默之重要！

❀　❀　❀

我对幽默的印象最早来自朋友所讲的一则“文革”期间夫妻闹离婚的故事。在这之前，我不知道幽默可以让人如此开心。

“文革”期间的一天，一对夫妻吵得不可开交，跑到公社革委会闹离婚。

公社干部调解道：“‘要团结，不要分裂’，你们知道不？”

女的高声嚷道：“‘下定决心’，我要离婚！”

男的一听，急了：“‘排除万难’，我坚决不干！”

公社干部火了冲他们说：“‘抓革命，促生产’，家庭小事我不管。”

女的不服气，拉住公社干部道：“‘全心全意’，俺偏偏要离！”

男的听了也拉住公社干部说道：“‘为人民服务’，你不能大人小孩全不顾！”

“你也别吵，她也别嚷，”公社干部冲夫妻俩说，“‘为人民服务’没忘，‘坚持原则’咱不能乱盖章，你俩还是回去过你们的好时光。”

我那朋友边说边模仿这三位的神态、语气、动作，终于把我逗笑了。老实说，我从小就不具幽默天赋，也很少听一些幽默的故事。之后，我就喜欢上了幽默的人、喜欢幽默的笑话，自己也不断地让自己变得幽默一些，尤其是心情不好的时候，看看幽默的笑话，不良的情绪就在不知不觉中溜走了。

生活中会遇到多少不尽如人意的事，如果没有幽默，就会沮丧相伴。相反，有了幽默，心情都会转化。

美国的著名作家马克·吐温面对捉弄，态度完全不同于常人。正逢一个“愚人节”，纽约一家报纸为了戏弄马克·吐温，说他死了。结果，马克·吐温的亲朋好友都纷纷赶来吊丧。当他们赶来时，只见马克·吐温正坐在桌前写作。亲戚朋友们惊呆了，然后齐声谴责造谣的报纸。但是马克·吐温毫无怒色，反而幽默地说：“报道我死是千真万确的，不过把日期提前了一些。”说谁死了，大家或许都会生气。智者或达者却就能以幽默的态度来待之！

幽默是一种机智，可以化险为夷。

有一次，乾隆和纪晓岚乘船游汨罗江。乾隆深知纪晓岚才思敏捷、聪明过人，刻意给他出了一道难题。乾隆问道：“君要臣死，臣当如何？”纪晓岚答：“臣不得不死。”“既然如此，朕命你投江一死。”

纪晓岚说了声“领旨”，便向船头走去，做出一副要跳下去的样子。走到船边时，他停住了脚步，对着江水嘀嘀咕咕的，好像在跟谁说话似的。过了一会儿他走了回来，跪在乾隆面前解释道："我正要投水时，屈原大夫突然从水中出来，斥责我说'想当年我因楚王昏庸，近小人、远君子，含恨投江。而现在你生逢其时，又有明君，如果无故投水，岂不陷当今皇上于无道之中吗？'我听屈原的话句句都在理，所以不敢以死欺君！"乾隆听完这番话，笑了笑，命他起身。

如果这个时候，没有一点机智的幽默，恐怕这命就真的没了。纪晓岚就凭这点幽默，轻松过关了。

幽默有时候是一种文明的武器，有人恶意滋事时，若用幽默法，可达"以子之矛，攻子之盾"的效果。分享一则故事：

有一位美国记者来到办公室采访周恩来总理时，看到桌上放着一支派克钢笔，便讽刺地问："周总理难道也迷信我国的钢笔？"周恩来回应："这是一位朝鲜朋友送给我的。他说这是美军在板门店投降签字仪式上用过的，留给我作纪念！我觉得这支钢笔的来历很有意义，就留下了它。"这时，美国记者脸红了。

幽默有时候也会是很好的台阶。著名作家梁实秋在师大任教期间，当时的校长刘真经常邀请名人到学校演讲。有一次，主讲人迟到了，

听众等得很不耐烦。刘真灵机一动，邀请梁实秋上台化解尴尬。梁实秋演讲别具风格，但不愿充当这类角色，迫于无奈上台。“过去演京戏，往往在正戏上演之前，找一个二三流的角色，上台来跳跳加官，以便让后台的主角有充分的时间准备。我现在就是奉命出来跳加官的。”他话不寻常，引起全场哄堂大笑，消除了师生的不耐烦的情绪。

幽默也是很好的旁注。“两个人从烟囱里爬出来，一个满脸烟灰，一个干干净净，哪一个该去洗澡？”大部分的人都认为是脏的那个。但实际上，脏的那个看见对方干干净净，以为自己也不会脏，哪里会去洗澡？瞧，幽默就是这么可爱。

当人生的乌云笼罩过来的时候，我们不妨请幽默驱散它们。幽默是一束明亮的灯光，照到哪里，哪里就有希望！

礼物

人生就是一个不断寻找和不断接收礼物的过程，也是探索、寻求自我成长的过程。寻找礼物的过程，就是一次心灵之旅！

我要说的“礼物”，并非指具体的事物，而是一种正确看待与思考人生的思维方式。这种思维方式引导我们走向内心的快乐与宁静，使人生变得更有意趣，更有色彩。人生就是一个不断寻找和不断接收礼物的过程，也是探索、寻求自我成长的过程。寻找礼物的过程，就是一次心灵之旅！

我国台湾的张德芬著有一部书《遇见未知的自己》，里面有一段话讲得非常好：“每个发生在你身上的事件都是一个礼物，只是有的礼物包装得很难看，让我们心怀怨愤或是心存恐惧。所以，它可以是一个灾难，也可以是一个礼物。如果你能带着信心，给它一点时间，耐心、细心地拆开这个惨不忍睹的外壳包装，你会享受到它内在蕴涵着丰盛美好而且是精心为你量身打造的礼物。”

我们每个人在生活中，总是希望收到漂亮的、喜爱的、珍贵的礼物，而不喜欢那些糟糕的、丑陋的、肮脏的礼物。殊不知，上帝送人礼物的时候，跟我们人类的思维是不一样的，珍贵的礼物，包装起来看上去不一定漂亮，也许会是一个很难看的盒子，也许会让我们用苦难的经历去接受，但如果我们有足够的信心与耐心将它打开，说不定会有一份意想不到的惊喜。

人生中最为珍贵的礼物不是所谓的幸福，而是苦难！苦难是仁慈的上帝送给人类的礼物，他让人从小就懂得苦难之后是幸福。有一则小故事：

一对母女走在路上，不经意间小女孩摔了一跤，眼眶红红的，快要哭出来了。这时，母亲扶起小女孩，温柔地说：“宝贝，恭喜你！上帝送了一份礼物给你，你收到了吗？”“什么礼物？”小女孩疑惑的声音还带着一丝哭腔。母亲微笑着说：“上帝提醒你下次一定要看清自己脚底下的路！”

这位母亲在孩子还这么小的时候，就跟她讲上帝送礼物的道理，让孩子从小明白人生的挫折并非是坏事，相反，有时候它是一件好事！

孩子摔了一跤之后，下次就不会再蹈常袭故了。面对人生的种种苦难，一味地抱怨、消沉乃至抗拒都是解决不了问题的。我们应该像那位母亲一样，把苦难当成上帝送给我们的礼物，好好珍惜。

人如果还能够承受灾难，其实是一件幸事，如果感受不到灾难带来的这份痛，那么，人的生命也就失去意义了。

只有躺在墓地里的人才会没有苦难。活着的人谁能没个烦恼灾难呢？人生不如意事十之八九，只有停止呼吸，才能杜绝苦难。

有苦难的感受证明人还有生命，还活着，还有希望！布兰德博士在《疼痛——无人想要的礼物》一书中，介绍了一位年仅四岁的小姑娘丹耶的病症，她是个“先天无痛症”患者，缺乏“疼痛预警”，随时随地处在危险之中。即便是手指被老鼠吃掉，也不能把她从睡梦中唤醒。更为严重的是，缺少了疼痛刺激，即便是在意识清楚的情况下，手脚也会被当作不是身体一部分的工具一样滥用，这种滥用造成身体的损伤，最终导致截肢之类的残疾。对于这样一个人来说，没有疼痛感就是大灾难。而我们平时一旦身上有了点疼痛感，就觉得灾难来临了，其实，疼痛感是人天生的一种自我保护系统。布兰德博士认为，疼痛令人不快的性质正是人得以保护自身的关键。在他看来，“只有在与其他感觉，诸如触觉、痒、甜、香等感觉信号竞争中居优势的情况下，疼痛信息才可穿越所谓‘脊髓之门’，传达到大脑之中，并在大脑意识作用下，做出一种‘反应’，如去吹烫伤的手指，或去揉搓撞疼的脚。”布兰德博士的发现证明，对那些“先天无痛症”患者而言，“疼痛”本身正是一个最美好、最昂贵的礼物！

❀ ❀ ❀

送礼物并非是上帝的专利，我们自己也可以为别人送去珍贵的礼物，这种礼物的珍贵不在于金钱，而在于一个人的心意。

故事《免费而珍贵的礼物》中有一个信差多克，他始终坚持给人传递快乐。当人们收到信件和电报时，同时还会收到一张小纸条，上面写着“今天是美好的一天”“要笑口常开”“别再烦恼”的话语。

第二次世界大战期间，多克年龄已经不适合入伍了，但他自告奋勇到野战医院做了一名志愿者。在医院救死扶伤时，他突发奇想在墙上写了一句话：“没有人会死在这里。”医院的人都没怎么在意，一直留在了墙上。后来，不但伤员，就连护士、医生还有院长，都不自觉地在心里记住了这句话，为了这句话，他们都坚强地撑着。

看看，多克不是上帝，而是一位普通的信差与志愿者，他却能像上帝一样把祝福与礼物送给大家，使大家得到快乐的同时也看到了希望！看起来傻傻的一句话，却有如此神奇的力量！

❀ ❀ ❀

如果有足够的耐心，就会发现世间处处有人在送礼物，也处处有人在接受礼物，只是他们自己不知道而已。我们每天所感受到的幸福和痛苦，都是上帝或朋友送来的礼物。假如我们真心诚意地去打开这些礼物，那么，无论礼物贵与贱，多与少，好与坏，都会用感恩的心去接受。感恩上帝送给我幸福，让我知道原来幸福是如此模样；感恩朋友给我送来苦难，让我体会原来苦难是这个样子的。愿我们以感恩的心去接受、去享用一切礼物。

有一首歌叫《恨是爱的礼物》：

恨是爱的礼物
痛苦和欢乐坐在一处
平淡踏着浪漫的脚步
让我明白得那么无助
……

苦难的背面就是幸福；挫折的背后就是通途。任何事情，在我们感受到不快乐的时候，正是快乐朝我们大踏步走来的时候，只要我们走在正确的道路上！

冬天来了，春天还会远吗？

苦难的礼物来了，幸福的包裹就此打开！

活法

李嘉诚先生为迎接内地企业家，在电梯口一一给内地企业家行礼，表现出一个成功企业家的风范。越是有成就者，越是内在丰富者，越是低调谦虚。

有幸读了日本管理之圣稻盛和夫的《活法》一书，无限感慨！每个人都有自己的活法，都有自己的领域及人际圈，相应地也习惯了自己的生活方式。有时会静下心来想想快乐与不快乐占自己生活的比例如何？扪心自问，快乐占据了我生活的60%，我觉得很不错了。这60%还是这几年来一直学习传统文化及不断地修心力行才达到的。看到书中磨砺心智需要的“六个精进”，一下子有想与朋友们一起分享的冲动。相信有很多朋友已经做得很好，但秉承“六个精进”会做得更好。

（1）付出不亚于任何人的努力。加倍努力，即使只是一厘米的提高。在这里，我所认知的加倍努力是指提高品格，提高做人的德行。每一个当下都给自己一个觉察，是否利他。我觉察到，在我的生命层面有很多的好恶之分，尤其对一些个人利益较重的人从心里厌恶。通过不断地觉察，我明白了原来我是排斥自己那个利己的部分，或是曾经的利己被别人厌恶的眼神刻在身体的记忆中，外在一有这种利己之人的诱因，我便产生连锁反应。别人会问，不断觉察自己累不累？真城地告诉各位，只要每天利乐有情，自觉利他，内心快乐轻松的感受只有自己知道，因为所有的痛苦来源于利己（自私）。

（2）戒骄戒躁。对于这个警句，老祖宗早就告诉我们“满招损，谦受益”。所有的傲慢来源于内心的不自信，成熟的谷穗会弯下身子。在 2008 年奥运会期间，时任主席胡锦涛对前来参加奥运会的各国领导人行礼致谢，展现出我们中华民族的礼仪涵养。李嘉诚先生为迎接内地企业家，在电梯口一一给内地企业家行礼，表现出一个成功企业家的风范。越是有成就者，越是内在丰富者，越是低调谦虚。如果你想知道一个人内心缺少什么，只要看他炫耀什么就够了。

（3）每日自我反省。自我反省是一种能力，如果只是反省了自己的语言和行为，那么这种反省还只停留在表面，更深层的反省在于内在的动机。小心你的思想，它会变成你的语言；小心你的语言，它会变成你的行为；小心你的行为，它会变成你的习惯；小心你的习惯，它会变成你的性格；小心你的性格，它会变成你的命运。命运来源你的思想，源于内在的动机，正是由于每个人的动机不同，造就了不同的人生命运。

（4）感谢生命。感谢一切（只要活着就幸福），培养自己对任何坏事都心怀感恩。有一次在机场，我的助理取行李时不小心忽略了手推车上的电脑包，里面的两台电脑全都丢了。这时助理很沮丧，但由于他平时不断地学习及自我成长，同时受到感谢生命中所发生的一切的理念的感染，很快他就告诉自己坦然面对、接受，并一定要自己去承担。感谢这次经历让他学会时时都要认真不能马虎，这种积极的态度改变不了丢电脑的事实，但从中学习调整情绪及愿意承担责任的精神，这个价值远大于那两台电脑。无论生命中发生什么，都要用感恩的心去引发一个更有效的结果。

（5）行善积德。

（6）摒弃烦恼。

这两点相辅相成。事事利他、坚守美好品德的人不会经常掉进小我的深渊，他会站在他人角度及组织角度考虑，回报他的是别人的爱戴及组织的信任。烦恼来临时，他感谢黑衣天使送上一份经验的礼物，坦然接受。烦恼在他的世界里将找不到栖息之所。这看起来好难是吗？

亲爱的朋友，我们都在人生的道路上寻找幸福快乐，只要你相信所有的一切感受都是唯心所造，只要你愿意做心灵的富翁，多多地利乐有情，众善奉行，就一定能为自己创造一个心灵的天堂。切记，修心力行。

要使自己成为一个习惯于庆祝的人。一个善于庆祝的人是快乐的、自在的。仔细观察一下，树是自在的、鸟是自由的、天空是舒展的、江海是奔放的、山川是壮观的……到处都是美好的，到处都是欢乐和喜悦的。而这份喜悦和欢乐是要借助庆祝来彰显。

要使自己成为一个习惯于庆祝的人。一个善于庆祝的人是快乐的、自在的。仔细观察一下，树是自在的、鸟是自由的、天空是舒展的、江海是奔放的、山川是壮观的……到处都是美好的，到处都是欢乐和喜悦的。而这份喜悦和欢乐是要借助庆祝来彰显。

提到“庆祝”，我们就会想起逢年过节的庆典活动，或是生日、纪念日等，因为这些节日少不了庆祝。

庆祝，是一种多么美好的感觉，它没有限定时间，随时随地都可

庆祝，是一种多么美好的感觉，它没有限定时间，随时随地都可以进行，只要我们愿意。庆祝也不需要任何理由，一朵花开了，庆祝一下；一棵小树长大了，庆祝一下；一只小鸟在歌唱，庆祝一下；太阳出现了，庆祝一下；身体无恙，庆祝一下；平常的日子里没有忧愁环绕，庆祝一下；涨了工资，庆祝一下；周末到来，庆祝一下；工作有了成果，庆祝一下；改善了伙食，庆祝一下；别人朝你微笑，庆祝一下……人世间，只要是能够让我们碰上的事情，都可以拿来庆祝一下。

生命是非常尊贵的，它不需要太多的包裹，过多地包裹自己只会给生命增加负荷，让生命的过程显得贫瘠与荒芜。唯有以游戏的精神去生活，生命才会迸出快乐的火花，才会有盎然的生机。严肃的人制造出严肃的世界，而快乐自在如禅的人创造出另一个属于自己的世界，那个世界是快乐的、自在的，充满了笑声与歌声。

以进行，只要我们愿意。庆祝也不需要任何理由，一朵花开了，庆祝一下；一棵小树长大了，庆祝一下；一只小鸟在歌唱，庆祝一下；太阳出现了，庆祝一下；身体无恙，庆祝一下；平常的日子里没有忧愁环绕，庆祝一下；涨了工资，庆祝一下；周末到来，庆祝一下；工作有了成果，庆祝一下；改善了伙食，庆祝一下；别人朝你微笑，庆祝一下……人世间，只要是能够让我们碰上的事情，都可以拿来庆祝一下。

世界上最为幸福的人，大概就是时时庆祝的人。

子桑伯子是孔子的好朋友。子桑伯子去世后，孔子派弟子子贡前去吊唁。在子桑伯子的家中，子贡看到了他的好友孟子反和子琴张一个在编曲，一个在弹琴，并且一起唱道："嗟来桑户乎，嗟来桑户乎，而已反其真，而我犹为人猗。"子贡是深受儒家思想浸润的人，见到了这样的场面，脸色都发白了，说："临尸而歌，似与礼不合！"意思就是说，你们怎么可以这么过分呢，朋友去世了，你们不但没有哭泣，反而边弹琴边唱歌！这是与礼大悖其道的。没想到孟子反和子琴张听后却相视而笑曰："是恶知礼意。"他们最讨厌世俗的礼了，人死了理应高兴，为什么要哭呢，人死不能复生，不如弹琴而歌，为好友送行，祈祷他一路好走。经历此番事件，子贡仿佛像是做了一场恶梦，回去后把遇到的事情告诉了孔子，心想：老师一定会拍案而起，怒骂孟子反与子琴张这种不合礼仪的做法。没想到孔子淡淡地一笑，然后说道：

“彼等乃游方之外者，以生为赘疣，以死为复其本始，不能以世俗之礼观之。”

以世俗的标准去衡量，临尸而歌确实是不合时宜的。面对死者，以庆祝的方式为他送行，大抵是不被人接受的，还会被视作大逆不道。其实，从佛家的观点来看：死，是生的开始，如此说来，这也是值得庆祝的。生命在不断地轮回，生生死死，死死生生，循环往复，不休不止。如果洞悉了生命的真相，那么，面对死就不会那么悲伤了。因为，在生命的长河中我们每一个人，都经历了无数个这样的劫！智者奥修也说过：“我的桑雅生也庆祝死亡，因为死亡不是生命的终点，而是生命的渐增、顶点和它的根本。如果你正确地活过，如果你全然地从当下活到当下，假如你活出和珍惜了生活的全部味道，死亡将变成最终令你能够接受的一件事情。”

其实，宇宙是神奇的，它时时刻刻都在向世人展示它神奇的一面：它给人类带来了无尽的资源，无尽的美好，无尽的智慧……所有的神奇难道不值得我们发自心底地赞叹吗？我们有机缘来到人世，见证这么多神奇，多么殊胜！所以，让我们发自内心去为之喝彩，共舞庆祝。

一个智者，他不会把生活世俗化，他会赋予世俗中的每一件事情以神性。在他眼里，所有的事情都是非常神圣的，就像一把梯子，我们能说梯子的最底层是世俗的，而梯子的最高层是神圣的吗？当然不能，它们都是神圣的，唯有把所有的梯阶联合起来才能成为一把梯子，它们是一个整体。任何事情都是一个整体，从身体到灵魂，从物质到精神，都是那么神圣和完整。一切都是上帝赠予你的礼物，无论苦难与幸福，都值得去庆祝。庆祝，是一种身心灵三者相契合的完整回归。

那是一个黄昏，这已是安迪·葛鲁夫第三次破产，他独自漫步在家乡的河畔，他从早逝的父母，想到了自己辛苦创下的基业一次次地破产，内心充满了阴云。痛不欲生的他在放声大哭一番后，凝望着面前滔滔的河水发呆。他想，如果自己就这样纵身跳下去的话，立刻就会得到解脱，世间的一切烦恼都与他没有丝毫的关系了。突然，从河的对岸走来一位背着鱼篓的憨头憨脑的青年，他哼着歌走了过来，他就是拉里·穆尔。拉里·穆尔的情绪感染了安迪·葛鲁夫，安迪·葛鲁夫便问道："先生，你看起来是那么开心，是因为今天捕了很多鱼吗？"

拉里·穆尔回答说："没有啊，我今天没有捕到一条鱼。"

拉里·穆尔边说边将鱼篓放了下来，里面果然空空如也。

安迪·葛鲁夫疑惑地问："既然毫无收获，为什么还这么高兴呢？"

拉里·穆尔乐呵呵地说："我捕鱼不全是为了赚钱，也是为了享受捕鱼的过程，你难道没有察觉到此时被晚霞渲染过的河水比平时更加美丽吗？"

听完这句话，安迪·葛鲁夫豁然开朗。在安迪·葛鲁夫的再三央求下，这个对生意一窍不通的渔夫拉里·穆尔，成了英特尔公司总裁——安迪·葛鲁夫的贴身助理。

很快，英特尔公司奇迹般地再次崛起，安迪·葛鲁夫也成了美国巨富。在创业期间，英特尔公司的股东和技术精英曾多次向总裁安迪·葛鲁夫提出质疑，那个没有半点半导体知识、毫无经商才能的拉里·穆尔，真的值得如此重用吗？

每当听到这样的质疑，安迪·葛鲁夫总是冷静地回答道：“是的，他确实没有什么经商的才能，而我自己也不缺少智慧和经商的才能，更不缺少技术，我缺少的是像他那样在面对苦难时仍能看到生活中美好的一面的乐观心态，而他这种积极乐观的态度，总能感染到我而让我不致于做出错误的决策。”

是的，我们的生活随时随地都伴随着美好的事物，只是有的时候缺少一双发现它们的眼睛。

既然生活蕴涵了如此多的美好的事物，为什么我们不庆祝呢？

庆祝，是上帝送给我们的最好的礼物！如果我们不好好地珍惜这份礼物，那多可惜啊！生命是赠礼，死亡是赠礼；身体是赠礼，灵魂是赠礼。面对那么多的赠礼，难道不值得我们庆祝吗？

杨丞琳有一首歌叫《庆祝》：

每个梦都得到祝福，

每颗泪都变成珍珠，

每盏灯都像许愿的蜡烛，

每一天都值得庆祝。

……

生命就是一场狂欢，我们没有理由不庆祝。

那么，就从当下这一刻开始，让我们庆祝，并把这颗美好的种子植入生命的最深处。

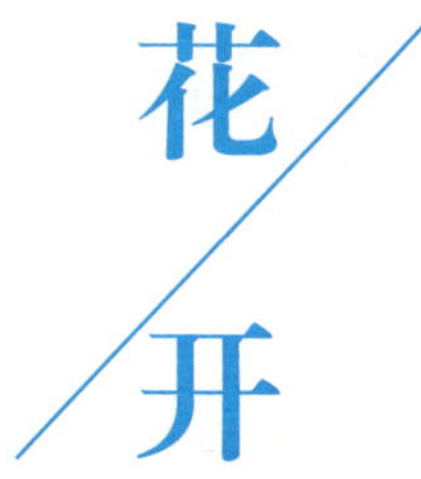

花开

花开的状态就是一种乐观的态度，这种态度就像一池洁净的湖水，映照山河大地、蓝天白云，其胸怀是无比宽广的。

花开的感觉，是一种人生的状态，一种生命美好的状态。

人生理应开花，理应处在花开的状态。但往往，许多人的人生大都处在封闭或衰落的状态。这些状态不是别人强加的，而是自己造成的。这样的人生状态显然是不舒坦的，但因了习惯，人们也就觉得这样的状态是自然的。也许，人们再也想象不出还有什么人生状态是比这个更好的，于是，就过得心安理得。

那么，到底怎样的生活才算处在花开的状态呢？“顺其自然，你将开花。”顺其自然，也就是顺应道，顺应一切规律与真理的安排。如果这个寓意越来越深入到我们的内心，我们就不会再像平时那样按

花开的状态就是一种乐观的态度，这种态度就像一池洁净的湖水，映照山河大地、蓝天白云，其胸怀是无比宽广的。

部就班地计划将来，而是活在当下，当下就是一切，当下就是永恒，如果能做到如此，就是佛的境界了。

可是真正要达到这种境界，也是不易的。因为我们往往追求的是那不可把握的未来，专注的是那所谓的目标、远大的计划和蓝图，时常会忽略每一个美好的当下。如果我们愿意把生命的能量专注于每一个当下，用积极的状态享受每一个当下，那么花开的感觉就会包裹着我们。活在花开的状态，是我们的权利，更是我们的选择。

物质生活越丰富，人类的文明程度越高，这种花开的状态就会越少。古人似乎更能够接近这种状态，所以，他们过得比我们快乐。过一种达观、达理的生活，是他们的理想。对于人世间、宇宙间的真相他们了解得比我们透彻，他们会把这种透彻运用在生活当中，无论春夏秋冬，无论雪雨风霜，也无论生老病死，更无论成住坏空，在他们眼里，都是非常自然的事情。犹如一朵花开了，一朵花谢了，谢过之后，又有一朵花开了，又有一朵花谢了，生命也是一个如此循环的过程，悲悲喜喜都无助于花开花谢，不如保持乐观的心态去面对这一切。

《列子》里面记载了一个名叫荣启期的人，他是处在花开状态的豁达之人。有一次，孔子游泰山，恰逢老者荣启期走在路上，身着粗布衣裳，一边弹琴一边唱歌，非常开心。按理说，这么老的人了，又很穷，活着还有什么趣味呢？他却快活得像神仙一般。孔子不解地问：“老先生啊，什么事这么开心？”他说：“我开心的事情可多啦！你知道，天生万物，惟人为贵，而我得以做人，此为一乐也；男女之别，男尊女卑，以男为贵，而我有幸做了男人，这是二乐也；有些人一生下来眼睛都未睁开就死了，而我却活了九十岁，多么幸运，这是三乐也；贫者，士之常也，死者，人之终也，我能处常得终，何忧之有，当然开心。”

听了他的一席话，孔子非常欣赏他，称他是“自宽者”。以荣启期的心态活着，没有人会不快乐，可惜能这么想的人毕竟是少数。

类似的人还有古代魏国的东门吴，东门吴的儿子死了，他却不露一丝忧色，好像死的是别人的儿子。有人不理解，于是问他：“你对你儿子的爱，天下没有人能比得过的，为什么在他死后你却一点都不伤心？”东门吴说：“我以前无子的时候一点也不难过。现在儿子死了，就相当于无子，又有什么好伤心、难过的呢？”这人居然能做到生死一体，未达大境界者焉能得此态度？人能活到这种境界，真的就活出花开的状态了。

花开的状态不像一粒种子，包裹得严严实实，而应该绽放开来，唯有绽放，才有芳香。一朵花盛开着，它向世界开放它的所有爱，它的芳香也就散发在这个世界里，它把自己的小爱化在世界的大爱里，这是多么有意义的生命！你要去生活，丰富地生活，全然地生活，强烈地生活，努力地创造，好好地咀嚼生命和生活的味道，不必刻意在形式上修炼，也不必刻意过着最基本的生活，而要过最尽兴的生活，生命要洋溢，要丰富地、全然地、强烈地生活着，这才是花开的感觉！

我们在日常生活中，有没有这种开花的感觉呢？老实说，很少有，包括我自己，总爱包裹着自己，不愿打开，不愿绽放，那是因为我们还不知道花开的感觉是如此美妙，花开的感觉会让生命如此丰盈！在我的课堂上，通过观察，我发现很多学员也像一颗种子，把自己紧紧地包裹在硬硬的壳里，不愿意开放到让那点快乐的芽儿露出来，尽管芽儿很想出来唱歌跳舞，因为他们不确定一旦花儿绽放了，会是怎样的一种局面。人们对于无法把握的事情是不会轻易去冒险的，宁愿得不到好东西，也不愿失去手里的一切！世人何其舍本逐末啊！有的同学在第三天的课中，分享说：“第一天上课我是装，没办法，装惯了！第二天我是撑，不想让别人听到我的真实想法，更不愿让人看到我的真实情感。今天是第三天了，我不想再装，更不想再撑，因为这里有真诚，有爱，我要把自己的真情实感拿出来分享。做真实的自己，生命才会绽放，过往的自己之所以找不到真诚和爱，是因为自己从来没有把自己的真诚和爱拿出来，而是用防范的状态，接触身边的人，即使挣再多的钱，内心都没有富足的感觉。原来唯有爱与真诚，才可以让我们内心富足。”

奥修说："当鞋子合适的时候，脚被忘却了；当腰带合适的时候，腹部被忘却了；当心灵正确的时候，'赞同'与'反对'都被忘却了。"这种忘却是非常健康的，是接近于道的，有所顾念反而是一种病态，会使我们始终处在一种紧张的状态之中。

花开的状态就是一种乐观的态度，这种态度就像一池洁净的湖水，映照山河大地、蓝天白云，其胸怀是无比宽广的。

其实，人生并不缺乏知识与技术，这些东西都是可以学到的，但如何使自己的人生处在花开的状态，这是需要大智慧的！我们不妨低下"高贵"的头颅、弯下"尊贵"的脊梁，谦卑地学习这种智慧，让自己找到花开的感觉，使自己的生命始终处在花开的状态之中。

花开的感觉是什么？其实就是回归于自然真我的感觉！

花开的感觉就像睡眠，就像呼吸，是非常自然的一种状态，可是我们总是很难找到这种感觉。我们始终心怀顾念，当产生顾念时，我们就会处在一种持续的紧张状态当中。紧张就是一粒被紧紧包裹着的种子，因为有了束缚、重压，而不得绽放，其实，绽放才是释放紧张的良策。

借口

问题都是由借口制造出来的！所以，不找借口，找方法。毕竟，直面现实，不一定会更痛苦；逃避问题，不一定会更快乐。

很难想象，在生活中，如果没有借口，会是怎样的一种情形？因为，我们见到了太多太多找借口的事情，如一个人迟到了，明明是睡晚了，可他会找借口说是交通堵塞造成的；再如有人完不成任务，便会找借口说一大堆客观的原因；又如有人在做错事的时候，会找借口帮自己推卸责任……总之，不管什么事情，只要人们愿意，都会找到借口，即便没有借口，也会以“莫须有”的理由作为借口。

于是，借口往往成为人们逃避责任的保护伞，也是推卸责任及伤害他人的武器。

为自己找借口，这或许是人性中最大的缺陷。遇到事情，没做的时候，会为自己找各种理由推脱；做了，却没有成果，又会去找各种理由逃避责任。

曾经有两个年轻人，做生意破产了，他们感觉心灰意懒，感到生活失去了希望，他们向对方互诉衷肠，互吐苦水。一个年长的老翁恰好路过听到了他们的对话。

老翁走了过来，问道："年轻人，你们知道导致自己失败的原因在什么地方吗？"

他们滔滔不绝地罗列出了各自认为的失败的原因。

但是，老翁听了之后，却摇了摇头说："我问你们几个问题，你知道穷人最多的是什么吗？"

年轻人不解，反问道："穷人有什么呢？"

"那你们知道成功人士最多的是什么吗？"

两人异口同声地应答道："肯定是钱！"

"你们知道自己最多的是什么吗？"

"是时间吧！"

老翁说："你们都答错了，从头到尾，你们都是在找借口，失败的原因不是因为你们能力不行，而是因为你们总是在给自己找借口；而成功人士最多的是方法，他们从不为自己的失败找借口，而是找失败的原因，寻找解决问题的方法。"

一直以来，人们习惯了找借口，否则，便会觉得不安全，怕责任落到自己头上，于是，找借口成了理所当然的事。找借口的人往往并不觉得这是逃避责任的表现。如果做一个调查，便会发现，失败者中90%以上的人都是善于找借口的人。而那些成功者却很少找借口，他们勇于承认错误，勇于承担责任，并立即找出解决问题的方法。

不找借口，美国的西点军校在这方面做得最好。这所声名显赫的军事院校，迄今已培养出了22位总统、370多位将军。目前，在世界范围内还没有任何一所高校培养过这么多的人才。其实，这个秘诀也是西点军校的一个优良传统：没有任何借口。遇到学长或军官问话，新生只能用四种方式回答："报告长官，是！""报告长官，不是！""报告长官，不知道！""报告长官，没有任何借口！"除了这四个标准答案，再也不能多说一个字。譬如学长问新生："你认为你的服装穿戴整齐了吗？"新生绝不能找时间不够、没有照镜子等借口为自己辩解，只能回答说："报告学长，不是！"如果学长接着问："为什么？"新生只能没有选择地回答说："没有任何借口。"不管碰到什么情况，只要违反军校纪律，一律不给任何一位新生找借口的机会。正是"没有任何借口"的理念与作风，引导着一代又一代的西点人逐步由不自觉到自觉、由不自然到自然地认同和接受一切近乎苛刻的训练与管理，从而成为素质优良、世人称许的合格军官。

培训界也推崇这种“没有任何借口”的做法。许多学员一开始对此不以为然，多次违规，均视同平常。但在培训班里有规定，个人违规，扣团队分，不但个人交成长赞助费，而且组长也交连带责任费。这么一来，有些人就受不了了，扣自己的分不要紧，罚自己的款也不要紧，但自己做错事，却由别人来承担后果，就有些沉不住气了。于是，在一次又一次的磨合下，大家渐渐地习惯了“没有任何借口”的作风。有学员交流心得说：“我以前脾气很坏，不管做错什么事，我绝对会找出一百个理由来替自己减轻罪责，虽说有些事搪塞过去了，其实心里头还是挺内疚的。到了我们这个课堂里，几个模块的课程上下来，做错啥事都不会找借口，因为借口越多，问题越多，借口越多，失败得越惨。”

找借口，是没有勇气面对问题的表现。实际上，世界上任何一件事情，再怎么困难，都会有解决的办法！没有过不去的坎，船到桥头自然直，车到山前必有路。消极者只会说：“没办法了，无路可走了。”而乐观者却会说：“一千个困难必有一千零一个解决方法。”

《只为成功找方法，不为失败找借口》一书指出：“工作中没有借口，人生中没有借口，失败中没有借口，成功不属于那些寻找借口的人！”的确如此，借口只是办不好事情的一种托辞，是一块用来掩饰自己缺点和弱点的遮羞布，虽然暂时获得了一点心理上的平衡或慰藉，但却失去了别人对自己的尊重与信任。

问问自己，在生活中，我们是不是属于找借口的那一类人？有没有常常把借口当作挡箭牌来使用？如果真的把借口当成家常便饭，很不幸，失败的大门已经为我们敞开了！当我们成天喊着想着要成功的时候，如果不与借口作别的话，成功的大门将永远不会开启！许多人恰恰是找了一个又一个堂而皇之的借口，以致轻易地错过了一次又一次“改正、改善、改造”的机会，而滑入失败的深渊。到了那个境地，他们甚至都不知道罪魁祸首就是自己的一个个借口！

所幸，现如今，无数商界精英秉承着“不找借口”的理念与价值观，这是非常喜人的现象。它体现的是一种负责、敬业的工作精神，一种诚实、主动的工作态度，一种完美、积极的执行能力。这一理念是提升企业凝聚力、建设企业文化最重要的准则。

日本松下公司曾崇尚这样的理念：如果你有智慧，请你贡献智慧；如果你没有智慧，请你贡献汗水；如果你两样都不贡献，请你离开公司。

在一个公司里，如果自上而下都能遵从“不找借口”的理念，信奉这样的价值观，那么，这个公司一定是充满自信与活力、充满真诚与奉献、充满爱心与责任的。只有在“不找借口”的前提下，所有的问题才会出现新的转机。随着观念的转变，问题也就迎刃而解了。这其实是很简单的一个道理：一个好的心态足以改变问题在你心中的模样！

问题都是由借口制造出来的！所以，不找借口，找方法。毕竟，直面现实，不一定会更痛苦；逃避问题，不一定会更快乐。鲁迅曾说过："真正的勇士敢于直面惨淡的人生，敢于正视淋漓的鲜血。"逃避，终究是懦夫行为，所以，请做勇士吧！

游戏

为什么孩提时代的一个游戏，可以让自己玩得乐不可支，而现在让自己乐不可支的事情只有事业上的成功？可为什么事业成功了，还是没有“乐”起来呢？因为缺少可贵的童真！

游戏人生！这句话一说出口，肯定会有许多人出来反对，说人生怎么可以拿来游戏呢？

游戏人生，并不意味着玩世不恭，而是一种积极的人生哲学。人生是一个过程，是由无数个片断组成，游戏就是其中之一，游戏本身就是人生的一个组成部分。智者常说：戏如人生，人生如戏。这个“戏”不仅包含着“演戏”的意思，也有“游戏”的成分。

每当我们感觉疲惫的时候，就想轻松一下，最好的办法就是做游戏，因为游戏不会感觉到压力。

但遗憾的是，有相当一部分人不会游戏，甚或不重视游戏。在课程中，我往往会穿插一些游戏的体验活动来帮助学员感悟人生的道理。有些学员始终进入不了游戏的状态，他们往往冷眼旁观，或者取笑那些正在游戏的学员们：“真傻！不就是个游戏嘛！还玩得跟真的似的！”这些学员一副“众人皆醉我独醒”的样子，压根不屑于融入团队互动中。

连游戏都没心情玩的人，其实是很孤单的，他们自以为生活与游戏截然不同：游戏是游戏，那是孩子们的爱好；生活是生活，那是成人们的正经事儿。当他们面临游戏的时候，往往会变得警觉起来：我是成人，不可以玩这种孩子的游戏！于是，他们把自己如孩童般美好的天真本性“删除”了。试想想，当一个人“删除”了最可贵的童真，那人生会有多么贫乏！

为什么孩提时代的一个游戏，可以让自己玩得乐不可支，而现在让自己乐不可支的事情只有事业上的成功？可为什么事业成功了，还是没有“乐”起来呢？因为缺少可贵的童真！让自己每天活在沉重的成熟里、世故中，忘了生命中是可以有童真的，是可以简单一些的，是可以开怀大笑的……

生命是非常尊贵的，它不需要太多的包裹，过多地包裹自己只会

给生命增加负荷，让生命的过程显得贫瘠与荒芜。唯有以游戏的精神去生活，生命才会迸出快乐的火花，才会有盎然的生机。严肃的人制造出严肃的世界，而快乐自在如禅的人创造出另一个属于自己的世界，那个世界是快乐的、自在的，充满了笑声与歌声。

在生活中，如果把每一件事情当作游戏来做，绝对可以做得好，除非不认真！一个真正懂得游戏的人，一定是认真生活的人。因为他深知生活与游戏没有两样，游戏是人生里的一部分，生命就是由无数个不同的过程组成，当游戏来临的时候，我们为什么要排斥呢？排斥了游戏，也就排斥了生命的一个个过程，而且是非常美好的过程，岂非可惜？

我的一个好友告诉我一件事：

有一次，她去参加一个身心灵的培训班，导师让学员们做一个游戏：每两人结成一个对子，拉着对方的手，互称“死党”。待两人把对方的特征都记牢后，就给他们戴上眼罩。在风雨雷电般的音乐声中，他们被拆开了，导师让他们在全班的学员里面找回自己的死党。

一个班大约七八十个人，由于蒙着眼罩的缘故，大家在人群中跌跌撞撞，用手去辨认自己的死党。有的是记对方的头发，有的是记对方的耳朵，有的是记对方的面孔，有的是记对方的手……反正大家都把自己的死党某个部位的特征记住了。但要在这么多人中找到自己的死党其实并不是件容易的事。几乎所有的学员都进入了游戏的状态，很认真地去找死党了，找了一遍又一遍，大有不找回死党绝不罢休的气势。

只有一位学员不耐烦地摘掉眼罩，坐在一旁。当助教劝他起来去找死党的时候，他说："太无聊了，不就是游戏吗？我不爱玩。"他的死党找到他的时候，他一甩手说："还当真玩上了？有完没完啊？"他的死党只好放弃他，又在人群中去找他。当死党第二次找到他的时候，他猛力一推，把她推倒了，依然无动于衷地坐在那里。等全班学员都找到各自的死党时，他仍然坐在地上。导师问他："你为什么坐在这里？为什么不去找回你的死党？为什么你的死党找到你两次，你都拒绝？"他说："没有那么多为什么，这不就是个游戏吗？我又不是小孩，哪有心情玩游戏！"

导师从中看到他内心的冷漠，内在的孤单与无助，渴望被支持却害怕被看扁的那份自卑，于是问他："你的朋友多吗？"他说："不多。"老师问他为什么，他说："这个世界哪有真情，都是假的，哪有爱，都是虚的。"到底是世界没有爱，还是他把爱的门关闭了，朋友想进来也难？时间长了，关闭的那扇门都不灵活了，打开都困难，他也就干脆不去打开了，久而久之，这扇门就永远地关闭了。

在这个身心灵的课程中，导师和学员们没有放弃他，大家纷纷献出爱心，温暖他冷却已久的心。直到最后一天分享的时候，他流着眼泪，久久地说不出话来，只是不断地朝大家鞠躬，然后，平静下来说了一段话："我从小父母双亡，没有兄弟姐妹与朋友。我一直以为自己是个被爱抛弃的人，现在才知道，其实抛弃爱的人是我自己！”

是的，每当我看到不愿开放心灵、接受游戏体验的学员，内心就会感到痛惜。因为他们并不是真的不爱游戏体验，而是生活的磨难剥夺了他开放的心态。此时，唯有一起帮他们把失落已久的开放的心找回来，让他们参与到体验中来，一起完善人生的每一个过程。这也是一份责任！

生命是一个过程，不是一个结果，我们要学会享受这个过程。很多时候，我们改变不了事情，但我们可以改变心态，把一切具有负面意义的事情转为正面的能量，以感恩之心，去迎接每一天的游戏的到来，认真做好每个游戏，活好当下。过去已成历史了，未来还没到来，唯有当下是最为要紧的。

游戏的心情是一扇向阳的窗，打开这扇窗，阳光就会照射进来，屋子里散发着暖暖的阳光的味道，这样的感觉不是很好吗？

如果把生命的每一个过程都当作游戏来过，那该多好！游戏的时候，人的心灵都像花儿一样开放了，开花的状态，就是生命最佳的状态，没有牵挂，没有障碍，没有得失，没有羁绊，那是纯然洞明与绽放的时刻，这样的生命才是最为透彻与完美的！

事实

世界上的很多事情是虚幻的，就像佛家所说的“凡所有相，皆是虚妄”。当然，我们还没到这个境界，但也别忘了，很多事情其实不是我们看上去的那个样子！

人的一生，会遇到许多的事情，有些事情是自己喜欢看到的，有些事情却是自己不愿看到的。但不管自己喜不喜欢，都是不以人的意志为转移的。在这些事情里面，有些是真相，而有些却只是假象。

有人说：“明明是我亲眼看到的，怎么会不是真相呢？”其实，在人生当中很多亲眼所见的事情，事实并非如此，往往只是一场场误会！

发生在美国的一则故事：

美国佛罗里达州，有一年轻男子，妻子因车祸不幸遇难，留下一个孩子。男子既要忙于生活，又要忙于看家，因没有人帮忙照顾孩子，所以他就训练了一只狗。那只狗聪明听话，能照顾小孩，能咬着奶瓶喂奶给孩子喝。

有一天，男子出门办事，叫它照顾孩子。因恰逢大雪，他当日不能回来。第二天早晨才赶回家，狗闻声立即出来迎接主人。他把房门打开一看，发现到处是血，抬头一望，床上有斑斑血迹，孩子却不见了，而身边的狗却满口是血。他以为它狗性发作，把孩子吃掉了，暴怒之下，他手起刀落，狗被杀死了。过了一会儿，忽然他听到孩子的声音，又见他从床下爬了出来，孩子虽然身上有血，但却毫发未伤。他有些疑惑，不知这究竟是怎么一回事，再看看狗身，发现它腿上的肉没有了，而旁边躺着一只死掉的狼，口里还咬着狗的肉。这下真相大白了，原来，是狗救了孩子，却被主人误杀了，这真是一场令人难过的误会！

生活有时候是非常残酷的，明明知道人类不喜欢开玩笑，但它还是会经常跟人类开玩笑！于是，一个又一个的误会产生了，犹如一个又一个的魔鬼，致使人们的事业、爱情乃至生活受到了严重的影响。

误会，往往是人在不了解、无理智、无耐心、缺少思考，未能体谅对方、反省自己、感情极为冲动的情况之下造成的。这个时候，光靠辩解是没有用的，也许越解释越糟糕、越描越黑。

当我们被误解时，会花很多的时间去辩白。但没有用，没人会听，没人愿意听。人们按自己的所闻、理解做出判断，每个人其实都很固执。他若理解你，一开始就会理解你，从始至终地理解你，而不是听你一次辩白而理解。与其努力而痛苦地试图扭转别人的判断，不如默默承受，给别人多一点时间和空间。省下辩解的功夫，去实现自身更久远的人生价值。

在生活当中，有很多尴尬又解释不清的误会！因为在对方看来，这是亲眼所见，可以不相信别人，难道还不相信自己的眼睛吗？就是因为我们太相信自己的眼睛了，所以，明明是误会都深信不疑。

有一位女士喜欢长跑，但路上常有些狗向她乱叫。爱她的丈夫只好在妻子跑步时骑自行车尾随其后，手持一根木棍，以便打狗。然而路人看看前面跑着的妻子，又看看手持木棍、骑着自行车追跑的丈夫，都不禁叫道：“这是真正的虐待啊！”

事实的真相往往藏在假象的后面，要看到真相确实需要有点耐心去了解，有点修为去认识，有点智慧去解读。有一则寓言故事，非常有深意：

两位天使打扮成凡人去人间，第一晚，他们来到一个十分富有的家庭借宿。这家人对他们并不友好，拒绝让他们在舒适的客房过夜，而是让他们睡在阴暗、潮湿的地下室。在墙的一角，老天使发现有一个洞，就顺手把它修补好了。小天使问老天使为什么还要帮他们修补墙洞？老天使简单地回答道："有些事并不像它看上去那样。"

第二晚，两人又到了一个非常贫穷的农家借宿。主人夫妇俩非常热情地款待了他们，不仅把家里仅有的一点食物拿出来，而且还把自己的床铺让给了两个天使。第三天一早，两个天使发现农夫和他的妻子在哭泣，他们显得那么悲伤，原来是他们的一头奶牛死了，而这是他们唯一的生活来源。小天使非常愤怒，她生气地质问老天使为什么会这样，第一个家庭如此富有，老天使还帮助他们修补墙洞，第二个家庭如此贫穷，而老天使却没有阻止奶牛的死亡。

"有些事并不像它看上去那样，"老天使再次说道，"当天夜晚我们在地下室过夜时，我透过墙洞看到墙里面堆满了金块。因为主人的贪婪、自私，不愿意和任何人分享他的财富，所以我只能把墙洞填上了，避免让他发现这些黄金，否则只会让他变得更加贪心。昨天晚上，死亡之神本来是要召唤农夫的妻子，因为他们的善良、热情，所以我选择奶牛代替了她。所以有些事并不像它看上去那样。"

是的，有些事情并不像它看上去那样，往往是由于我们自己看不到全局就妄下结论！太多的误会是缘于我们没有看清真相的智慧。

把误会当成一场美丽的邂逅吧。当误会来临时，我们不要急着判断这是一场灾难，而是要冷静下来，仔细考虑事情的整个过程，也许到最后会发现，这其实只是一场误会而已！误会来临了，可以采取的办法有许多种：可以沉默着让时间来解释；可以辨清，如果这事儿不太复杂的话；如果真的遇上无法辨清，甚至连时间都没有办法帮忙的事，那就让它藏在自己的心里吧，只要无愧于心，那就让自己“委屈”一点，因为这世上没有无缘无故的事情，就算是欠着这个世间一个债，忍着这个误会便能把债还了！

在误会产生的时候，冷静地告诉自己：也许，事情并不像看上去那样，就像一根直直的筷子一插到水瓶里，筷子看起来弯曲了一样，这也是亲眼看到的，但却绝不是事实！世界上的很多事情是虚幻的，就像佛家所说的“凡所有相，皆是虚妄”。当然，我们还没到这个境界，但也别忘了，很多事情其实不是我们看上去的那个样子！

放假

放假不是指身体，而是指心灵。如果不从心灵上放松，身体到哪儿都放不了假。说到底，给心灵放假不需要太多的形式，不需要太多的理由。

为名忙，为利忙，忙中偷闲，且喝一杯茶去；

劳心苦，劳力苦，苦中作乐，再斟两壶酒来。

这副对联，经常会被人们用于茶楼或饭庄等处。短短两句话，道尽人生苦！喝着茶，斟着酒，再仔细咀嚼这两句话，心里更是五味杂陈了。

人打一出生，便开始忙开了，忙着哭，忙着笑，忙着吃，忙着喝，直到成人了，更是忙得不可开交，为啥忙？其实只为一张嘴，而且这张嘴需要的东西并不多，可人们总觉得这张嘴就是无底洞，自己非要尽其一生才能填满它！这种想法实在是荒唐，人一生所吃的、所用的很少，根本不需要如此忙碌。

忙到最后，身心疲惫。人生的最后，仍在忙碌中度过。如此役役，今人实愚。而古人将人生的本质看得非常清楚，有诗为证：

野草闲花满地愁，龙争虎斗几春秋。
抬头吴越齐秦楚，转眼梁唐晋汉周。
举世尽从忙里老，谁人肯向死前休？
贤愚千载知谁是，满眼蓬蒿共一丘。

其实，这种警示诗句，翻开古籍，随处可见，古人的良苦用心可见一斑，但又有几人能够真正体味其中滋味呢？“贤愚千载知谁是，满眼蓬蒿共一丘！”这句诗的真义往往被人忽视了。因为太执着于“我”了，所以，才会不断地生出欲望来，有了欲望，便不知足。一不知足，整个人生就歇不下来了。人们习惯了忙碌，觉得忙碌是应该的，休假反而是奢侈的。有的人即使休假去旅游，心思还在挂念着工作。心没休假等于人也没休假。于是，身心的累就越积越多，越积越沉，让紧张的思考成了一种习惯，且不自觉中才知道自己的面目表情和五官都是绷紧的，很难放松。

空杯心态

平常心

给心灵放个假

欣赏如花

我有一位朋友是搞写作的，她说以前经常想象有几个月的创作假，能够让她找一处安静的地方，安安心心地写一本书。突然有一天，她申请到了创作假。她也真的找了个安静之所去写作，刚开始时很开心，但没过几天，她坐不住了，脑子里整天想东想西，觉得有许多事没有处理完，应该处理完了才来写作。心思浮浮泛泛、恍恍惚惚的，面对着电脑，脑子里空空的，不时走神，尽想些乱七八糟的事儿。几个月下来，书没写成，人倒是瘦了好几斤，原先没处理完的事因创作假而耽搁了，反而旁生出了更多的烦恼。于是，她说："不能给自己放假，假期太长了，反而无所适从。"我听了，不免感慨万千。难道我们已经无法给自己放假了吗？

其实，放假不是指身体，而是指心灵。如果不从心灵上放松，身体到哪儿都放不了假。说到底，给心灵放假不需要太多的形式，不需要太多的理由。只要像《心经》上所说的"心无挂碍，无挂碍故，无有恐怖，远离颠倒梦想"。

董桥先生曾经批评过现代人"慕闲之名，求闲之似，于是品茗赌马以为怡情，逛街打牌以为减压，浪迹欢场以为悦性，那是闲的皮毛"，认为"闲者还要有贤，不是学者，不足以谈闲。闲者的两相对坐，三人相围，香茗进肠，腹笥里也需逸出些书香才气来"。无事不是闲，心闲才是闲。所谓的"事忙心闲"就是给心灵放假——腾出些心灵空间来，让自己的意绪在里面驰骋。

古人懂得给心灵洗澡，给心灵放假。元代诗人、著名书画家赵孟頫曾经写过一帧书法，里面的诗句令人神往："古墨轻磨满几香，砚池新浴灿生光；北窗时有凉风至，闲写黄庭一两章。"全诗突出在一个"闲"字，"闲写黄庭一两章"，这才有意思。写字的时候最讲究心境，若无闲趣，根本无法进入状态。

人生本应该是闲适的。谁又能不向往杜甫"陶冶性灵缘底物，新诗改罢自长吟"的自适与自足，陶渊明"采菊东篱下，悠然见南山"的从容与淡然，文徵明"佳时胜日，载酒出游，坐石临流，翛然终日"的悠游与自在，王维"独坐幽篁里，弹琴复长啸"的儒雅与洒脱，郑成功"养心莫善寡欲，至乐无如读书"的意境与清趣？

在我的课堂中，学员在分享时，会说出自己的一些愿望，无非是等到有时间了，一定多陪陪家人出去旅游。愿望许下后，大家总想着等以后有时间了，就可以去做自己想做的事情。其实呢，事情是做不完的，没有人能够活到无事可做。我国的公务人员，男性一般在 60 周岁退休，女性一般在 55 周岁退休，但奇怪的是大多数人退休以后又找了份工作去上班，退而不休。

古人比我们想得开，退休多好啊，不要说到了退休的时间，就是没到，也要找出理由退休！唐朝的白居易退休于唐敬宗宝历二年（公元 826 年）秋，他以病眼为由，免去苏州刺史。为庆祝退休，他特作七律《喜罢郡》：

五年两郡亦堪嗟，偷出游山走看花。
自此光阴为己有，从前日月属官家。
樽前免被催迎使，枕上休闻报坐衙。
睡到午时欢到夜，回看官职是泥沙。

这首诗写出了诗人被免官后喜悦而轻松的心情：从今以后，光阴就属于我自己，由我来支配了；此前的时间是属于官家的，我自身没有自由。每每喝酒的时候，有公务来打扰，睡觉的时候突然要去处理案子，吃睡都不踏实，做人还有什么味道！现在好了，“睡到午时欢到夜”，谁也管不着，多好！再回过头去看看所谓的官职，有什么呀，如同泥沙一般！与其把自己的生命交给官职，还不如回家种地来得自在、逍遥呢！

白居易退休后，作了不少这样的诗，另有一首是这样的：

食罢一觉睡，起来两瓯茶。
举头看日影，已复西南斜。
乐人惜日促，忧人厌年赊。
无忧无乐者，长短任生涯。

白居易深深参透了人生闲适之真谛，所以才会潇洒地脱去官帽，过自己想过的自由自在的生活。无忧无虑，想睡就睡，想吃就吃。睡醒了就喝茶，写写诗，晒晒太阳。

我们没有古人那么淡然，更不像白居易那样洒脱与自然。我们或许还在红尘中翻滚，还在职场中尽一份责任。但这不妨碍我们内心的淡然，更不妨碍我们心灵的洒脱与自在。我们可以让身体忙，但时时检视自己的心别躁。我们的心忙得太久太久了，忙碌的心在浮躁中错过了太多的美好。太多的世俗给我们的心布满了尘埃，何不让心停下脚步，找一个清净的角落，细细地擦拭心灵上的尘埃。每天让自己的心闲上十分钟，自在便会与生命结缘。

给心灵放假的人，是懂得闲适人生的。给心灵放假，是艺术人生的活法，也是人生品位的一种彰显。有了高雅的品位，才能在各种生活中找到风韵，体验到雅致，享受到闲适的快乐。

格局

一个人的成功与否，跟这个人的格局大有关系。大人物的成功秘诀，就在于他们还是小人物的时候就逐步形成了人生的大格局，立下了大志向。人生在世，立志为先。

格局是什么？

格局是一种胸怀，格局是一种境界，格局是看问题的高度，格局是生命内在的宽度。

话说有一个小和尚，平时在庙里干活总是唉声叹气，觉得干活太辛苦，总喜欢抱怨。有一次在打扫了一会儿庭院之后就大喊太累。老和尚于是给他准备了一碗水，小和尚喝了一口连忙说："这水里怎么放盐了？咸得发苦。"

老和尚笑了笑，让小和尚拿着一大袋盐和他一起到了湖边，把这一大袋盐全部撒进了湖里，然后舀了一碗湖水给小和尚，让他尝尝还咸不咸。小和尚喝了一口说："一点都不咸，非常清甜。"

老和尚微笑着对小和尚说："如果你的格局像碗一样小，那么即使针尖大小的痛苦也能充满你的心胸；如果你的格局像湖一样宽广，那么即使再大的痛苦对于你来说也不过是投入湖中的一粒小石子！"

一个人的成功与否，跟这个人的格局大有关系。大人物的成功秘诀，就在于他们还是小人物的时候就逐步形成了人生的大格局，立下了大志向。人生在世，立志为先。孔子说过："志当存高远。"卡耐基说："朝着一个目标走是'志'，一鼓作气中途决不停止是'气'，两者结合起来就是'志气'，一切事业的成败都取决于此。"

伟大人物的志向都是"以天下为己任"的，如毛泽东的志向是"解放全中国"；周恩来的志向是"为中华之崛起而读书"；孟子说："天将降大任于斯人也，必先苦其心志，劳其筋骨，饿其体肤，空乏其身，行拂乱其所为"，这"大任"是什么？即"平治天下"，亦即"己任"。所以他又说："如欲平治天下，当今之世，舍我其谁也？"唐朝的韩愈，虽历经多次沉浮，但他声称"以国家之务为己任"，才称得上"以天下为己任"。宋代范仲淹说："先天下之忧而忧，后天下之乐而乐。"清初顾炎武说："天下兴亡，匹夫有责。"

❀ ❀ ❀

有人会说，那是伟人与圣人的志向，我们普通人就算了，有个小小的志向就很不错了，能够拥有一份稳定的工作，一家三口平平安安地过就行了，颇有“老婆孩子热炕头”之满足感！当然，这也是一种很好的人生。格局有大小，但幸福指数并不会因此而改变。

清末大儒、湖北巡抚胡林翼在给他弟弟的一封信中写道：“人生决不当随俗浮沉，生无益于当时，死无闻于后世，可断言者也。惟然，吾人当求所以自立，勉为众人所不敢为、不能为之事，上以报国，下以振家，庶不负此昂藏七尺之躯。”他所忧虑的，是一个人到死时依然默默无闻。做人，应当成就一番大事，有责任感，使生命之树绽放出绚烂花朵。智慧和品格是一种保障，使人得以在生命的大地上留下深深的印痕。

人生格局跟态度有关，跟人类所有的品德有关。大格局必须具备人生所有美好的品德，诸如包容、体谅、关心他人、着眼大局、从系统的角度考虑问题，等等。从古到今，但凡自私自利者，其人生格局往往有限；而那些大爱无私者，才会有大格局、大成就。

❀ ❀ ❀

形成人生大格局的品德可以列出许多，但如果具备善待他人与忍让这两种最基本的品德，就会气象万千了。

在一片茫茫沙漠的两头，各有一个小镇。想从一个小镇到另一个小镇去，如果绕过沙漠走，则需要马不停蹄地至少走上 20 多天；如果横穿沙漠，几天就能到。但沙漠里沙流滚滚，十分容易迷路，之前有很多人尝试穿过去，但大多数有去无回。有一天，一位老者经过这里，让村里人在沙漠里每隔半里栽一棵胡杨树，一直从这个小镇栽到了沙漠另一头的小镇。老者说："如果这些胡杨树有幸存活，你们就可以沿着胡杨树往返了；如果这些树不幸死了，那么你们一定要记住，在经过枯树苗时，要把它们重新栽一遍，露出来的就插深一点，陷进去的就拔出来一点。"后来，这些胡杨苗不幸都死掉了，成了沙漠中的路标。不过大家沿着这些"路"倒也平平安安地走了几十年。

一年夏天，镇里的一个年轻人准备独自穿过沙漠到另一个小镇去投亲。由于他是第一次穿行沙漠，大家纷纷提醒他说："经过沙漠时，当你遇到快倒的路标时，一定要向下再插深一些；遇到快被淹没的路标时，一定要把它拔出来一些。"年轻人答应过后，就带着行李上路了。他在沙漠中间走啊走，走得浑身乏力、两腿酸软，但眼前依旧是流沙茫茫。当他经过路标时，确实遇到了一些需要重新维护一下的路标，但他实在太累了，心想："反正我也就走这一次，实在不想再费那么大劲儿来搞这个了。"当这个年轻人走到沙漠深处时，遭遇了一场风沙，他再也找不到前方的路了，最后死在了沙漠里。临终前，年轻人懊悔地意识到：如果自己能按照大家叮嘱的那样去做，那么即便失去了进路，还可以拥有一条退路。

是的，给别人留路，其实就是给自己留路。善待他人，关爱他人，实际上就是善待自己，关爱自己。这个道理人人都懂，但并不是人人都会去做，当你到了绝境才明白过来时，一切都悔之晚矣！

在一次激烈的战斗中，一名上尉忽然发现一架敌机向阵地俯冲过来，而他不远处的一位小战士竟然还没卧倒，他一个飞身过去将小战士扑倒在地。随后，一声巨响，敌机投掷的炸弹爆炸了，飞溅起来的泥土像一阵雨一样打落在他们身上。当上尉起身拍打身上的尘土时，突然看到，自己刚才所处的那个地方被炸出了两个大坑！

这位可敬的上尉，就是在帮助别人的同时，也拯救了自己。人生旅途中，当我们搬开别人脚下的绊脚石时会发现，我们恰恰为自己铺了路。

要扩大自己的人生格局，还得学会忍让他人。忍让是成就人生格局的基调，要懂得让人三分不算输！大文豪苏东坡曾说：“君子所取者远，则必有所待；所就者大，则必有所忍。高祖之所以胜，项籍之所以败者，在能忍与不能忍之间而已矣。”

《三国演义》中的周瑜，英俊儒雅，勇武善谋，20多岁便当上东吴主帅，可谓人中龙凤。然而少年得志的他，却刚愎自用，器量狭小，最后被诸葛亮给活活气死，真令人扼腕叹息。临死前他还在埋怨："既生瑜，何生亮？"其实，如果他的心量再大一点，有容忍别人比自己更强的格局，岂会如此短命？小不忍则乱大谋，这些都是现实生活中血与火凝结而成的至理。朱衮也曾说："君子忍人所不能忍，容人所不能容，处人所不能处。"

《易经》有云："地势坤，君子以厚德载物。"就是说，君子应该像大地承载容纳万物那样，以宽厚忍让的品德包容一切。正所谓"海不辞水，故能成其大；山不辞土石，故能成其高；明主不厌人，故能成其众；士不厌学，故能成其圣。"有什么样的格局，就有什么样的人生结局！套用古圣贤的一段话作为本文之殿：

地低成海，人低显圣；为人处世，最贵低调；外愚内智，外怯内勇；外弱内强，外拙内巧；不争为贤，吃亏是福！人生于此，方成格局！

所谓人生的大格局，就是以长远、发展、战略的眼光来看问题；以帮助、合作、奉献的态度来交朋友；以大局为重、不计小嫌的博大胸怀来做事情。格局有多大，事业就有多大！

习惯

习惯在生活中经常被我们忽视，但对人一生的影响却极其深远。习惯决定人生的成败。这里隐藏着人类本能的秘诀，看看我们自己，看看我们周围，看看你我他，好习惯造就了多少辉煌成果，而坏习惯又毁掉了多少美好人生！

习惯这个东西可以说一开始是你造就它，也就是说每个人都有造就习惯的能力，但是到后来一定是习惯造就你。我们说爱的力量是伟大的，信念的力量是持续的，而习惯的力量却是最为强大的。我经常把身体上的三个部分比作三兄弟，脑袋是大哥，心是二哥，本能就是三弟了。这三位兄弟如能在同一战线上，人就会觉得幸福，心里接受的、思想认同的、实际得到的就是幸福。如果不幸福，那肯定是内部在挣扎，有矛盾产生了。一个习惯的产生很简单，就是不断地重复它，等到进入潜意识，最后成为无意识，于是就成了本能。我们每天高达90%的行为均出于习惯，每个人的性格、做人方式、做事方式都不一样，几乎每一件事都是受习惯的支使。

先给大家看一个笑话：

有一个人他总遇上倒霉的事情，从来就没有开心过，要家没家，要孩子没孩子，要事业没事业，可以说是一无所有，他心想：“我活得怎么那么惨，我的命怎么那么差。”于是这个人就去算命了。他不愿意透露自己不好，便把自己打扮得挺绅士的，找到一个算命算得最好的半仙，说：“人家都说你很有名气，你给我算一算，你看看我是怎样的一个人？”半仙看着他沉默了好久，不说话。他急了，说：“哎呀，你给我说一说呀，我将来的命运是怎么样的？”半仙说：“哎呦，你40岁以前分文没有，非常落魄，以乞讨为生。”他想：“怎么那么倒霉，说得那么准！我今天穿得好好的，他都知道我是以乞讨为生的。”于是他追问道：“那我40岁以后呢？有好转吗？”半仙说：“有好转的，40岁以后你就习惯了。”

19世纪的俄国教育家乌申斯基认为：“任何一种习惯都是反射行为，行为的习惯性有多深，它的反射性就有多大。哪里有习惯，哪

在生活中，一个习惯于欣赏别人的人，一定是个内心丰富的人。培根曾说："欣赏者心中有朝霞、露珠、常年盛开的花朵；漠视者冰结心城、四海枯竭、丛山荒芜。"

里就有神经系统在工作。神经系统不仅可以有天赋的反射，而且在活动的影响下也有掌握新的反射的能力。”也就是说行为的习惯性越深，反射性就越强，习惯是刺激与反应的稳固连接。对于这种反射行为，人们做过多次试验。

为什么一头千斤重的大象，可以用一根细细的木桩把它拴住？是因为大象还是小象的时候，人们会用铁链将它拴在水泥柱或钢柱上，小象尝试过千百回也无法挣脱之后，渐渐地习惯了不挣扎，甚至当它可以轻而易举地挣脱这根小木桩时，它也习惯地认为挣不脱了。

小象是被链子绑住的，而大象则是被习惯绑住。习惯几乎可以绑住一切。

有人做过这样一个著名的实验，他们把五只猴子关在一个笼子里，在笼子的中间挂了一串香蕉，并在笼子旁边安装了一个喷水装置。只要有猴子去拿香蕉，喷水装置立即就会向笼子里喷水，所以每当有猴子想去拿香蕉时，所有猴子都会被水淋湿。于是猴子们得出一个结论：只要拿香蕉，就会被水喷。后来实验员换进去一只新猴子，这只猴子看到香蕉就想去拿，结果被其他四只猴子狠揍了一顿，因为它们害怕被水淋到。新猴子尝试了几次，每次都被打，所以它得出一个结论，这串香蕉是不能拿的。后来，实验人员又换进一只新猴子，这只猴子看到香蕉，也是迫不及待要去拿。当然，其他五只猴子把它狠揍了一顿，前一只新猴子打得特别用力。后来，当所有的旧猴子全都换成新猴子，没有一只猴子被喷过水，大家还是都不敢去动那串香蕉。

这就是习惯的力量！英国著名哲学家培根说：“习惯真是一种顽强而巨大的力量，它可以主宰人生。因此，人自幼就应该通过完美的教育，去建立一种良好的习惯。”习惯的力量如此强大，一旦进入潜意识，便会产生作用。习惯这个东西如果不好好掌握，便会出现问题。

有一位公司的老总水杯盖子怎么用力也拧不开，一旁的几位高管赶紧来帮忙，可任凭使多大劲儿，也都拧不开这只水杯。

其中一位经理说：“沏茶时水是热的，现在凉了，杯里的气压降低，所以拧不动，应该用热水泡一泡，等杯子里的气压平衡了就能拧开了。”

老总如法“泡”制，但还是拧不开。

另一位经理说：“可能是茶杯在高温下与塑料盖发生了反应，估计等它变凉变脆了，就能拧开。”

老总又用冷水泡了，但仍然拧不开。

还有一位经理怀疑这杯子是容易变形的劣质产品，已经坏掉了。

但老总说这杯子是上周才从香港带回来的，是一款很高端的正品货。

这时，公司的保洁员阿姨过来了，她很好奇地看看了这个谁也拧不开的水杯，拿起来用力拧了一下，没拧动，然后她又用力向左拧了一下，结果杯子就被拧开了。

众人恍然大悟：“原来是向左拧的啊！”

所有的人都习惯性地认为杯子是应该向右拧的，而没有考虑过杯子也可以向左拧。他们像那头小象一样，被他们的习惯绑架了。

习惯的力量是强大的，它能束缚人的思维，但它也能帮人达成成果。

有一个年轻人大学毕业后去深圳找工作，但由于竞争激烈，结果在求职的时候屡屡碰壁。终于有一次在经过层层筛选之后，他和另外两位求职者进入一家大公司试用。

试用期间，他充分展示了自己的聪明才智，同时还表现得勤奋友好，另外两位试用者表现得和他一样出色。在试用期结束前三天，他们接到人力资源部最后的通知：三个人都没有被录取，请在试用期结束前的这三天把工作交接好。

当天晚上那个年轻人十分沮丧，喝了很多酒，因为他尽了自己最大的努力，可是结果还是这样。但是第二天他还是打起精神准点去上班了。在公司，他还是像以前一样，认真而专注地做好自己的事情，还是一如既往地主动打扫办公室，还是很热情地和同事们说笑……而另外两位求职者却消极沮丧，抱怨这家公司耍人，他们对这个积极的年轻人说："过两天就要被轰走了，还干得这么起劲干啥？"而这个年轻人却说："习惯了，善始善终吧。"

结果到了试用期的最后一天，公司老总改变主意，留用了这位年轻人。因为他觉得，一个人能够一如既往、善始善终，表示这个人对事情对自己都有很强的责任心，这是比能力更加重要的品质，而公司最缺少的就是这种人。

这个年轻人的好习惯不仅为他得到了想要的工作，还会在他将来的事业发展中为他带来无尽的好处。

有的人习惯于平庸，有的人习惯于卓越；有的人习惯于安逸，有的人习惯于忙碌；有的人习惯于半途而废，有的人习惯于善始善终；有的人习惯于拖延等待，有的人习惯于立即行动；有的人习惯于不求上进，有的人习惯于不断学习；有的人习惯于积极思考，有的人习惯于消极思维；有的人习惯于遇事找借口，有的人习惯于遇事找方法……于是，有的人成了失败者，处处碰壁；有的人成了成功者，做出了非凡的成就。

所以播种一个行为一定会收获一种习惯，播种一种习惯将收获一种性格，播种一种性格将收获一种命运。

1961 年 4 月 12 日，苏联宇航员加加林乘坐“东方 1 号”宇宙飞船进入太空，成为世界上第一位进入太空的人而被载入史册。为什么加加林能从众多的宇航员中脱颖而出呢？原来在正式确定人选的前一个星期，主设计师罗廖夫发现在这批候选的宇航员中只有加加林一个人在进入飞船前脱下鞋子，只穿着袜子进入船舱。就是这样一个小小的动作，让罗廖夫感到了这个青年人的敬业。他如此懂规矩，如此珍爱这艘飞船，使得罗廖夫最终力保他执行人类首次太空飞行的神圣使命。加加林就是依靠这样一个小小的习惯，改变了自己的命运。

习惯的力量强大到可以改变一个人的命运，我们岂能不加重视？如果你的习惯不好，目前的处境也不好，那就赶紧改掉坏习惯。否则，就会像驴子一样，一直拉着磨兜圈子直到生命结束。

习惯在生活中经常被我们忽视，但对人一生的影响却极其深远。习惯决定人生的成败。这里隐藏着人类本能的秘诀，看看我们自己，看看我们周围，看看你我他，好习惯造就了多少辉煌成果，而坏习惯又毁掉了多少美好人生！

成功之路，始于习惯！让我们静下心来，细数自己身上的种种习惯，存其精华，去其糟粕。重新耕耘一片心田，并在里面种下良好的习惯，收获成功的果实。

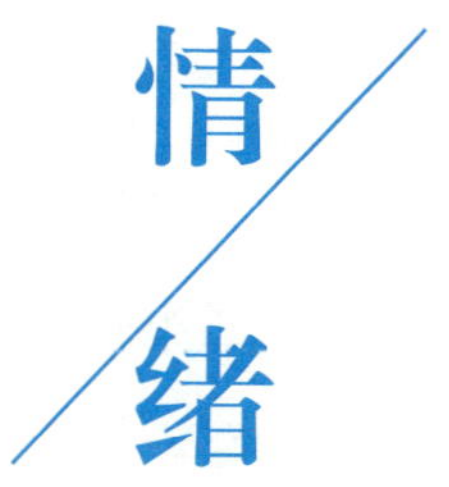

情绪

当情绪来了，就欢迎它；当情绪走了，就恭送它。把情绪当作一位客人，一位今天有点脾气明天就变好的客人，耐心地陪伴它，等到明天的到来。明天来临时，乌云笼罩着的情绪会出现晴朗的天空。

情绪是伴随着人们的思维而产生的，情绪上或心理上的困扰由不合理的、不合逻辑的思维造成。情绪是一个人在面对外来事件时所做出的反应，也是调动内在力量应付这个事件的能力。情绪分负面情绪与正面情绪。前者使人消极落后，后者使人愉悦向上。

情绪是一种流动易变的心理历程。其类型有上百种之多，其中典型的有喜、怒、哀、惧等几种。文学家往往爱把情绪比作火与水。情绪如火，一旦爆发了情绪，便会烧毁一切；情绪似水，水能载舟，亦能覆舟。所以，我们知道，情绪没有好坏对错之分，是上苍赐予人类的一种特殊的能力。特殊在于它是一把双刃剑：一面是天使，如果好好地应用它，它可以让你充满力量，无所不能；一面是魔鬼，如果不好好地管理，它将给你带来无尽的烦恼，甚至可以把人带上绝路。无人能逃离情绪，没有意愿修炼自己情绪的人通常都做了情绪的“奴隶”。

负面情绪的危害性有多大？记得从某本书上看到过一个案例：美国生理学家艾尔玛为了测试人的情绪的影响曾做过一个实验，他将试管插入冰水混合物中，邀请不同心情的人对着试管呼气。结果发现，心平气和的人呼出的气，在试管中凝成了澄清透明的水；而心怀怨气的人呼出的气在试管中凝成的水，竟含有紫色的杂质。实验者将这些“含有紫色杂质的水”注射到小白鼠身上，几分钟后，小白鼠就死了。

我们平时经常会有情绪的波动，但很少有人会去注意它，脾气来了，就愤怒了，怒火冲天，焰炽如铁。佛教里有一句话：一念嗔心起，百万障门开！另有一句话：一念嗔心起，火烧功德林！的确，一念恶即地狱，一念善是天堂。情绪这种东西若不好好管理，后果不堪设想。

情绪管理可分两种：一是情绪的管理能力；二是情绪的应用能力。情绪不但能管理，而且能应用。在企业里，传统的资产负债表上不会告诉我们知识在企业里的分量，更不会告诉我们妥善管理团队情绪及自身情绪在企业运营中的重要性，而恰恰就是这些无法用数字衡量的内容，对企业起着十分重要的影响。所以具体到情绪的应用，可以分几个步骤来进行：了解客户的需求，用发问的方式让对方叙述，然后用心聆听，用点头、用注视尽量地激发对方交流的欲望；同时不忘赞美对方；最后加强自身与对方的信念。唯有能够应用情绪的人，才配谈拥有情商。在将来，做企业靠的就是情商！有一句话讲得好：愚蠢的人把心长到嘴上，聪明的人把嘴长到心上。

情感智商是社会智力的一种类型，具有三种能力：区分自己与他人情绪的能力；调节自己与他人情绪的能力；运用情绪信息去引导思维的能力。一个人若能守住中庸，把情绪表达得当，那他一定是个情绪稳定、心理健康的人。

有一天，陶行知校长看到他的学生王友正在打另一个学生。陶校长连忙喝住，并让王友下午三点钟到校长办公室一趟。下午三点钟，王友同学诚惶诚恐地来到校长办公室，准备接受校长的责骂。不料陶先生竟递给他一块糖说：“你很遵守时间，非常好。”王友接住糖，满脸疑惑。

这时，陶行知先生又掏出一块糖说：“我问过了，是他欺负女同学你才打他的。这说明你很有正义感，也应该奖励。”

王友接下第二块糖，表情舒展开来。不料陶行知先生又拿出第三快糖说：“我过去让你别打了，你立即就住手了，这说明你很懂得尊重人，我特别喜欢你这一点，也应该奖励。”

王友开始不好意思起来，他低下头说：“我知道打人是不对的，

我错了，我愿意向他道歉！”

陶行知先生立即拿出第四块糖，高兴地说：“太好了，我就知道你是一个知错能改的好学生，这就更应该奖励了！”

王友离开校长办公室时，眼睛里含满了感动的泪水，而陶行知先生的脸上，则始终带着微笑。

作为校长和老师，陶行知先生没有用自身的权威和身份去压倒对方让对方认错，而是用一颗宽容的心去理解对方，化解学生的情绪，引发学生的愧疚感，让他在不知不觉中改掉自己的毛病。

化解情绪是一种智慧！控制情绪不是压抑情绪，而是要面对情绪点，来化解它，清除它，这样才会真正消除不良情绪，否则，那份情绪还是种植在心里，以后有机会还要爆发出来的。

下面是一则著名的企业案例，曾经引起过广泛的讨论：

某天晚上，某分公司总裁回办公室取东西，到门口发现自己没带钥匙。此时，他的秘书已经下班。由于几经联系都没有联系到这位秘书，总裁非常生气，甚至在数小时后，还是怒火难抑，于是在当天凌晨，他用英文给女秘书发了一封措辞严厉且语气生硬的谴责信，并同时抄送给了其他几个高管：

我曾告诉过你，想东西、做事情不要想当然，今天晚上你就把我锁在门外，我要的东西都还在办公室里。问题就在于你以为我随身带了钥匙。从现在起，无论是午餐时段还是晚上下班后，你要跟你服务的每一名经理都确认无事后才能离开办公室，明白吗？

面对总裁无理的责备，女秘书也非常委屈，非常生气，她情绪爆发，用中文给总裁回了一封更加咄咄逼人的邮件：

“第一，我做这件事是完全正确的，我锁门是从安全角度考虑的，如果一旦丢了东西，我无法承担这个责任。第二，你有钥匙，你自己忘了带，还要说别人不对。造成这件事的主要原因都是你自己，不要把自己的错误转移到别人的身上。第三，你无权干涉和控制我的私人时间，我一天只有 8 小时工作时间，请你记住中午和晚上下班的时间都是我的私人时间。第四，从到公司的第一天到现在为止，我工作尽职尽责，也加过很多次班，我也没有任何怨言，但是如果你们要求我加班是为了工作以外的事情，我无法做到。第五，虽然咱们是上下级的关系，也请你注重一下你说话的语气，这是做人最基本的礼貌问题。第六，我要在这儿强调一下，我并没有猜想或者假定什么，因为我没有这个时间也没有这个必要。”

不仅如此，她还将这封回信同时抄送了其他分公司。这样一来，所有人都收到了这封邮件。没想到的是，这封信迅速在网上被无数次转发，成为网络上的一个热点话题。

很快，这位女秘书就辞职了，而该总裁不久之后也被公司调离。

而与此相反，小托马斯·沃森在担任 IBM 的总裁时，面对一位因决策失误导致公司损失 1000 万美元的业务经理时，不仅没有责怪，反而安慰他说："我刚刚花了1000万美元让你学习，怎么可能辞掉你？"同时，还鼓励他继续去勇敢尝试。后来这位经理真的为IBM作出了巨大的贡献。

同样是面对手下人的工作失误，某分公司的总裁和他的秘书都没有控制好情绪，更别谈化解情绪了。这样的一件小事，在双方情绪失控下弄得人尽皆知，双双丢了工作，同时，也让公司名誉受到了损害。小托马斯·沃森控制好了他的情绪，没有指责抱怨，没有满腹牢骚，更没有大发雷霆，反而把失误看成培训，并鼓励那位管理者继续冒险，化解了那位经理的忐忑、焦虑与不安。

人们习惯于用无数种方式去逃避痛苦，而不去面对痛苦情绪。弗洛伊德将这些方式称为心理防御机制。这种防御机制是必要的，但时间一长会更糟糕，会出现许多心理问题，譬如强迫症、社交焦虑症、多重人格，甚至精神分裂症等。解决痛苦的方法只有一个——那就是直面痛苦。面对痛苦，与它沟通，找出痛苦的根源，然后勇敢地面对着，化解它，超越它，最后与它达成和解。

我常用的方法，就是情绪来了，接受面对，沟通理解。

把自己关在房间里，坐在床上，一手抱个枕头，左边是自己，右边是对方。先抱起自己，与对方倾诉内心的委屈与焦虑，尽情地释放不良的情绪。都化解完了，再抱起另一个枕头，站在那个人的角度也替他倾诉一下他的心声。最后发现听了那个人的心声，发现自己有任性的地方，有不了解的地方，有不够体谅的地方。最后，我通常把两个枕头抱在一起。我把这一方式叫作互诉衷肠模式。另外，我们还可以在情绪到来的那一刻，给自己6秒钟时间，立即离开情境，找个空房间或卫生间关起门来，骑马蹲裆，双手交叉，给自己大声地喊50个“STOP”，并随之将双手向两边甩，把垃圾情绪透过声音的爆破用手甩出去。声音爆破和用手甩是清理垃圾情绪的有效方法。为什么在6秒中内？因为人的情绪最高潮在6秒钟，过了6秒钟，通常会向下滑，慢慢趋于理性。无论发生什么，万万不可用自己的脾气伤到对方。

冬去春来、夏走秋至、日出日落、月圆月缺、雁来雁往、花飞花谢、草长瓜熟、潮起潮落，自然万物都处在循环往复的变化中。我们的情绪也不例外，经常会时好时坏。这是大自然的游戏法则，是自然的一部分，如果少掉这部分，大自然也就不圆满了。人的情绪如果没有好坏，没有交替，同样不正常。所以，当情绪来了，就欢迎它；当情绪走了，就恭送它。把情绪当作一位客人，一位今天有点脾气明天就变好的客人，耐心地陪伴它，等到明天的到来。明天来临时，乌云笼罩着的情绪会出现晴朗的天空。

何不学着牵情绪的手去化解，走出不良情绪带给自己的伤害，和情绪搭建友好相处的平台！

闭嘴

讲话是一种艺术，但是，适当地闭嘴更是一门艺术。我们每一个人都长了两只耳朵，却都只长了一张嘴。这是上天在启示我们：少说多听。

古语有云：烦恼皆因强出头，是非只为多开口。

烦恼，何为烦恼？烦躁加恼火。既烦躁又恼火，那一定是非常令人不愉快的了。为什么会产生烦恼？是因为凡事喜欢强出头。古语说：天道有常，不为尧存，不为桀亡。意指天道有它自己的运行规律，哪怕你再贤能，哪怕你再残暴，它也不会为你而改变。而我们想以微小的力量去改变我们所不能改变的事情时，烦恼也就因此而产生了。

是非，何为是非？一是加一非。我认为那个是对的，这个是错的；你认为这个是对的，那个是错的，这样是非就产生了。当我们认为某人某事某物是错误的，是不合常理的而加以批判，或者我们认为某事某物是正确的，是合情合理的而加以赞颂，并因他人持有不同的观点、想法、看法而去争论的时候，是非就产生了。

病从口入，祸从口出。很多事情，都是因为我们管不住自己的嘴巴才变糟糕的。一句唾骂可以打击一个人的自尊心，一句离间可以分裂一对要好的朋友，一句谣言可以导致一个家庭的破裂，一句诽谤可以毁掉一个人的名声和前程……

北宋著名的文学家苏轼，虽然学富五车，才华横溢，但观其一生几经沉浮，坎坷诸多。究其原因，很重要的一点，就是他喜欢胡乱说话。

在皇帝要改革变法，除陋革新的时候，他以“愚不适时，难以追陪新进”“老不生事或能牧养小民”为借口，讽刺皇帝和变法，最后惨遭贬谪。几经辗转，好不容易才重回京师，一次去宰相王安石家做客，在书房中等待时看见王安石写的咏菊诗中有“昨夜西风过园林，吹落黄花满地金”的句子，他就提笔写下了“秋花不比春花落，说于诗人仔细吟”，暗笑王安石不懂基本常识——菊花花瓣只会枯干而不会飘落。可想而知，王安石回来看到这两句诗时有多么羞赧和难堪，于是他又莫名其妙被贬去了黄州。

虽然如此，苏轼还是不肯改变他喜欢多嘴的性格。传说他某次去寻仙，走到半路，遇见一个蓬头散发、脏乱不堪的村妇，便口占了一句讽刺诗："蓬发星星两乳乌，朝朝送饭去田夫。"结果那个村妇毫不示弱，应声说道："是非只为多开口，记得朝廷贬汝无？"

是非只为多开口，正是苏轼一生几遭贬谪，才华得不到施展的写照，更是古往今来一切矛盾、是非的根源。不应当说话的时候，开口了，就是是非；没有意义的事情，争论了，又是是非。管住自己的嘴巴，可以避免很多是非，也避免了给别人带来不必要的伤害。

以前有过这么一则小故事：在深山里有一座小庙，庙里只有一位老和尚看门。但小庙香火特别旺盛，每天都有许多人专程过来祈祷许愿，只因为这里有一尊十分庄严的观世音菩萨像。

老和尚觉得菩萨每天要应付这么多人的要求，实在太辛苦了。于心不忍之余，萌生了为菩萨分担辛苦的想法。结果菩萨显灵，对他说："好啊！我下来为你看门，你上来坐在莲花座上。但是，不论你看到什么，听到什么，都不可以说一句话。"

老和尚觉得这个要求很简单，便同意了。于是，菩萨变成了老和尚来看门，而老和尚则变成菩萨坐在了莲花座上。前来顶礼的香客依然络绎不绝，老和尚依照先前的约定，静默不语，聆听着信徒们的心声。信徒们的祈求，千奇百怪，有合理的，有不合理的。但无论如何，老和尚都强忍下来，没有说话。

有一天，来了一位富人，当他礼拜完后，竟然落下了手边的钱袋。

老和尚看在眼里，真想叫这位富人回来，但是，他憋着没说话。接着来了一位穷困潦倒的乞丐，他祈祷菩萨能够帮他渡过生活的难关。当要离去时，刚好发现了富人留下的袋子，一打开，里面全是钱。乞丐连忙跪拜：菩萨真好，有求必应！最后万分感谢地离去。而莲座上老和尚看在眼里，很想说话，但是，因为跟菩萨约定在先，他仍然只能憋着。

接着一位要去打仗的士兵来祈求菩萨保佑他平安归来。结果那位富人刚好冲进来，认定士兵拿了自己的钱，两人便吵了起来。

莲座上的老和尚实在忍不住了，遂开口说明了真相 。于是，富人便去找那位乞丐了，耽搁了时间的士兵匆匆地奔向了战场。这时，菩萨指着莲座上的和尚说："你下来吧！那个位子你没有资格坐了。"

老和尚说："我把真相说出来，主持公道，难道不对吗？"

菩萨说："那位富人并不缺钱，那袋钱对他来说实在算不得什么，可是对于那位乞丐，那些钱却可以帮他渡过生活的难关，甚至改变他的命运。最可怜的是那位士兵，如果那位富人再纠缠他一会儿，就会延误他上前线的时间，他还能保住一条命；而现在，他所在的部队正在遭受敌人的袭击，他已经阵亡了。"

如果老和尚没有开口，富豪仅仅是丢了一袋钱，可是乞丐却可以摆脱生活困境，士兵也可以保住一条性命。但是，皆因和尚的强开口，这一切化成了泡影。

❀ ❀ ❀

古往今来，是非只为多开口，许许多多的困扰，都是因为多开口。有时，不经意的多嘴会破坏他人的心情，会增加他人的担忧，也会影响自己的人际关系。

结合我们的现实生活想象一下：

一位女士的丈夫给她买了一只银手镯做生日礼物，正当她高兴不已的时候，同事却晃晃手腕上的金手镯说："你老公太小气了，看我老公，花了好几万给我买的金手镯呢！"这位女士的喜悦之情和对丈夫的感恩之情，会不会立即被打消大半？

一个学生拿着一张80分的考试卷回到家里，家长正在表扬他成绩有进步，这次比上次多考了十多分的时候，邻居却冷笑说："这么简单的试卷才考80分啊？我们家小明不费吹灰之力就考了100分呢！"这个学生刚刚产生的成就感和学习动力，会不会立即被泄气和羞愤所代替？

一位丈夫刚踏进家门，想给妻子一个拥抱，妻子却在那里嚷嚷："每天这样早出晚归，都没有想过这个家。你知道孩子多么调皮，婆婆多么难伺候吗？"这时，丈夫是否有一种身心交瘁的感受？

❀ ❀ ❀

有人说，讲话是一种艺术，但是，适当地闭嘴更是一门艺术。我们每一个人都长了两只耳朵，却都只长了一张嘴。这是上天在启示我们：少说多听。

学会闭嘴，让别人自由地阐述他们的观点，哪怕他们的观点在你看来是幼稚与无趣的。但你的倾听，会让他们觉得自己很重要，觉得自己被尊重，他们以后说话会更慎重和深思熟虑了。

海至深而无言，天至高而无语。小庙中的菩萨什么都知道，什么都明白，什么都安排得妥妥当当，却坐在那里，什么也不说。

人生的路途，漫长而曲折，请记住：烦恼皆因强出头，是非只为多开口。

臣服

喜悦与快乐的状态就是臣服后的状态。那是自然的真诚的开放的状态，流向所有的美好与真实！

“臣服”一词，听起来似乎跟投降差不多，其实两者完全不一样。投降是指完全放弃自己，降服于对方。臣服不是放弃自己，而是对宇宙与人生真相的了解与通达。臣服的是真理而不是某个人，臣服的是某件事，并非那个事件的肇事者。

臣服是一种智慧，并非是无能的表现。在现实面前学习臣服，并能运用它，并非易事。《死亡解决不了痛苦》一书中写道：“想体验觉醒，你需要一种臣服的心态，伴随一个明了：你是臣服于你的真我，也就是佛性。所以说，臣服是智者的行为，只有对人生真相彻底明了之后，才会心甘情愿地去臣服。

臣服在真理面前才有力量！佛陀说：真理是当你看到一个舞者的时候，没有舞者，而只有跳舞；当你看到一条河流，没有河流，而只有河水在流动；当你看到一棵树，没有树在表现它本身；当你看到一个微笑，没有人在微笑，只有那个微笑、那个正在微笑的表现；当你看到爱，没有一个爱者，只有爱的表现。生命是一个过程。

生活中，我们会碰到各种各样的痛苦与麻烦，一般来说，人们喜欢把喜怒写在脸上，灾难或痛苦来了，就把愤怒与悲伤表露无遗，日复一日地在诅咒中过着时光。如果运用臣服的心态来处理痛苦，就不会在痛苦上增加更大的痛苦，反而会释放掉痛苦。有一则真实的事例：

一位女士发现丈夫有了婚外恋，她不愿意接受这个事实，完全崩溃了，甚至想到了死。一位智者对她说："你不要批判，不要抗拒，先接纳你心中的愤怒！让这股能量自然地流露出来，不要压抑它！"智者递给她一个枕头说："你试着把这只枕头当作那个你恨的人，用它来发泄你的愤怒吧！"于是她发疯一般打那只枕头，一直打到自己精疲力竭。

这时候智者问她感觉好点没？她说好多了，不过一想到这件事，还是会心痛。

智者说："现在到你学习'臣服'的时候了。"她不解地问："什么？他做错了事儿，我反而要向他臣服？"智者说："不是要你对人

倾听的“障碍”不是耳朵造成的，而是心造成的。

学会倾听自己的内心！倾听内心那一份久远的呼唤，那一份积存了多时的激动，倾听自己身上的血液在欢快地流动，细胞在快乐地对话，肌肉在互相拥抱；倾听自己的灵魂在对自己说：“回来吧，游子，别走太远太远！”倾听真我对自己说：“醒醒吧，孩子，别再沉睡在梦中。”

臣服，而是对已经发生的事情臣服。”她还是不太明白。智者继续说：“已经发生的事情，谁都无法改变，臣服，就是接受事情的存在。”她还是不服气。智者继续说：“事情发生后，你要么鼓起勇气去面对它，然后重新选择；要么拒绝接受，活在痛苦里，不断往自己的伤口上撒盐。”女子开始有点明白了。智者继续说：“当你接纳了当下的现实，而不是徒然浪费力气去抗争、去活在不相信这种事情怎么会发生的情绪时，事情反而会有意想不到的转机。”

当这位女子真正臣服于现实，重新选择时，她发现自己还是爱着自己的丈夫，她并不想离婚，于是她选择了原谅。而她的丈夫原以为她会大吵大闹，弄得全家鸡犬不宁，结果没想到她如此宽容与理智，从而改变了对她的印象，心中充满了愧疚与后悔，最后主动回到她的身边。

因为明白，所以臣服。夫妻之间也一样，为什么有的夫妻感情很好，而有的夫妻关系却很坏？这也跟是否臣服有关。如果夫妻双方都明白，在家庭里没有输赢，没有对错，没有高下，没有你我，夫妻是一体的，两人在一起生活是很好的缘分，要珍惜，那么，谁都会心甘情愿地臣服。

喜悦与快乐的状态就是臣服后的状态。那是自然、真诚、开放的状态，流向所有的美好与真实！

臣服是没办法言说的。比拉多在审判耶稣时问他：“真理是什么？”

耶稣没有回答。比拉多也根本没有等他的回答就直接走开了，因为他根本不相信真理的存在。而耶稣没有回答，是因为他知道真理就是那样存在着，但无法用语言来叙述。老子也说“道可道，非常道”，凡能说出来的，就一定不是真理！所以，释迦牟尼佛说了49年的经文，但他却说什么也没有说，说出的那些经文只是一个标示而已，也就是“指月之手”！

在无法说出的真理面前，我们不要做什么，只要臣服。学习臣服，就是接受真理，就是走在觉醒的道路上。臣服就是体验觉醒，向真理靠近！

当任何困难来临的时候，别忘了，臣服吧。除此而外，我们别无选择！

臣服了，执着消失了；臣服了，爱就产生了；臣服了，一切堵塞的地方都打通了；臣服了，和谐的画面就出现了……臣服，也只有臣服，我们才会体验到喜悦与快乐。

后记

EPILOGUE

本书汇集了我走过每个人生阶段后积累的一些感受，也可以说是自己对生命意义的一些领悟。我一直没想过要出书，但是我觉得自己的这些真实感受也许可以给读者带来一些启发或引领，所以我把自己在几年前写的一些感受整理了一下，拿出来和大家分享，让我们在生命修炼的路途中共同绽放。

本书部分篇章带着我少女时的情怀，部分篇章融入了我在教学过程中的一些感受以及对学员们的赞赏。由于是我的处女之作，书中可能会有不少不成熟之处，还请读者包涵并指正！

本书是我和杭州的莲子妹妹共同的心血，感恩莲子妹妹对此书的支持。在本书的出版过程中，感恩爱人新生的耐心指导；感恩助理佳佳配合我一路的整理；更感恩师道营销企划中心的各位同人对此书一如既往的支持。

还感恩师道侯志奎董事长引领我走进佛学班并成为同修，对生命和人生有了许多感悟的升华。感恩师道的战友，你们的陪伴让我的生命得到滋养。感恩所有的教导同学们，你们对教导的爱，使我在传播教导的路上如此绽放。

生命如花，唯有珍惜。

花开的感觉，真好。

王莲宇

2015 年 1 月

师道人本管理集团

师道人本管理集团，中国领先的人本管理教育机构。专注人本管理教育，致力于帮助企业家能级突破和组织能力的提升，推动企业精神系统建设，形成企业持久不衰的核心竞争力。

集团按照“身”“心”“灵”三个方向架构产品体系。旗下添第堂品牌，主打健康养身类产品，提升生命质量，推动和谐健康生活方式。师道人本主打“人本管理”类产品（人本管理，以心为本），以教导型组织为核心，培养教导型企业家、打造教导型组织。师道书院品牌主打国学灵修类产品，提升企业家灵性领袖力。

集团管理理念融汇传统文化精粹和现代管理思想，在移动互联网的新商业时代，始终抓住管理的本质——“人”深入研究，不断完善“教导型组织”的理念，帮助企业从管理根源上解决“人”的问题。从企业一把手到组织全员，通过系统化的学习培训，全面推动企业管理理念变革，帮助企业形成“以人为本”的管理氛围，构建强大的企业精神，使组织全员高度凝聚，自动自发，释放潜能，最终推动企业的可持续发展，基业常青！

集团目前已在全国联合了数十位业内著名导师，拥有完备的人本管理精品课程。根据终极组织和百年企业中“领导力学习提升”“客户价值导向的事业精神”“教育和引导的核心管理手段”等共性特征，匹配有《师道——商界领袖的师者之道》《教导模式——再造企业精神系统》等品牌课程。

集团旗下师道书院品牌，拥有《醒觉》领袖班以及《境界》系列、《易道》系列、《如是》系列、《儒商》系列等国学灵修类课程，将东方传统文化智慧与西方管理融会贯通，帮助企业家修炼身心，提升能级。

集团旗下添第堂品牌，拥有《生命之道》《九九归一》课程及健康生态产业链，帮助客户提升生命质量，构建和谐健康的生活方式。

师道人本管理集团，重塑企业人文精神，创建让生命绽放的教育事业。

教导模式

——再造企业精神系统

这是一个人文精神崛起的时代，人们对产品和服务的关注重心转移到感受和体验；这也是一个急剧变革的时代，互联网对传统商业模式产生了全面的冲击。企业面临的考验不仅在于外在的变革和竞争，更来自企业内部人心的浮躁与涣散，不能专注于一份事业，不能静下心来追求极致。商业模式创新求变的同时，只有守住企业精神，才能永续经营。

教导模式，是根据教导型组织理念精髓打造的精品课程。

中国人本管理第一课：培训业唯一关于企业精神系统建设的课程。**公认同学情感链接最深的课程：**全国 200 多家教导同学会。**中国最具影响力的正能量商圈：**奉行正心、正念、正行的教导精神。

课程至今已风靡近十年，先后培养了五万多名企业家学员，影响波及东南亚，改变了数十万人的命运。课程更拥有《六星级心态》《共建伟业》《成果管控》等子课程辅助学习成果落地，为企业的学习保驾护航。真正让企业树立客户价值为导向的事业理念；让团队组织人心凝聚，思想统一；让全员从情感、思想、行为上与组织结成精神共同体。

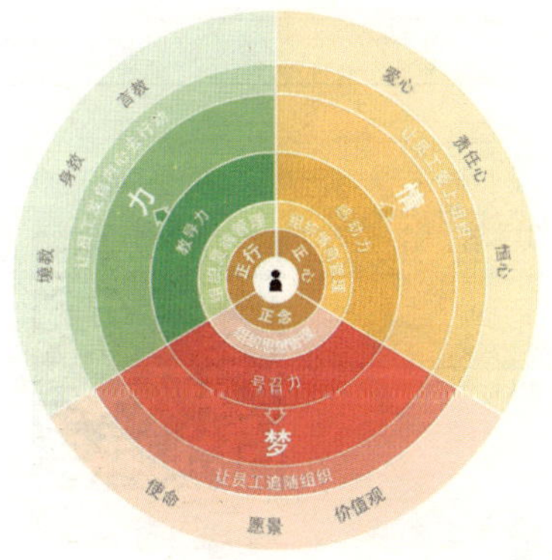

教 导 模 式

再造企业精神系统

一模块 组织情商管理：让员工爱上企业

二模块 组织思想管理：让员工追随企业

三模块 组织学习管理：让员工自动自发

读者服务卡

以书会友，真诚到永远！

1. 您是通过何种渠道了解到本书的？

□书店 □报纸杂志 □电视台电台 □网络 □朋友（老师）推荐 □其他

2. 您在何处购买到本书的？

□城市书店 □网络书店 □机场书店 □超市书店 □铁路书店 □其他

3. 如果您希望我们发送新书信息给您公司的负责人，请注明所推荐人的：

姓名：＿＿＿＿＿＿＿＿ 职务：＿＿＿＿＿＿＿ 电话：＿＿＿＿＿＿＿

地址：＿＿＿＿＿＿＿＿＿＿＿＿＿＿＿＿＿ 邮箱：＿＿＿＿＿＿＿

4. 通过阅读、学习本书，作者帮您解决了哪些工作中的难题？工作仍有什么样的难题未得到解决？请认真填写，本书策划服务团队及作者本人会在收到您的疑问后，进行详尽解答。

已解决的难题：＿＿＿＿＿＿＿＿＿＿＿＿＿＿＿＿＿＿＿＿＿＿＿＿＿＿

＿＿＿＿＿＿＿＿＿＿＿＿＿＿＿＿＿＿＿＿＿＿＿＿＿＿＿＿＿＿＿＿＿

＿＿＿＿＿＿＿＿＿＿＿＿＿＿＿＿＿＿＿＿＿＿＿＿＿＿＿＿＿＿＿＿＿

＿＿＿＿＿＿＿＿＿＿＿＿＿＿＿＿＿＿＿＿＿＿＿＿＿＿＿＿＿＿＿＿＿

未解决的难题：＿＿＿＿＿＿＿＿＿＿＿＿＿＿＿＿＿＿＿＿＿＿＿＿＿＿

＿＿＿＿＿＿＿＿＿＿＿＿＿＿＿＿＿＿＿＿＿＿＿＿＿＿＿＿＿＿＿＿＿

＿＿＿＿＿＿＿＿＿＿＿＿＿＿＿＿＿＿＿＿＿＿＿＿＿＿＿＿＿＿＿＿＿

＿＿＿＿＿＿＿＿＿＿＿＿＿＿＿＿＿＿＿＿＿＿＿＿＿＿＿＿＿＿＿＿＿

感谢您的阅读！请确认我们的联系方式

地址：上海市恒丰路 218 号现代交通商务大厦西 1307 室

邮编：200070

电话：021-51213225

传真：021-51211252

电子邮箱：zhiduhui100@163.com

扫一扫有惊喜！

咨询作者课程、希望到课堂现场聆听作者的智慧分享，

请拨：13816981508

“智读汇书友”淘宝店：http：//zhiduhui.taobao.com

（本服务卡复印件同样有效）